동경하는 작가는
인간이 아니었습니다

2

사와무라 미카게 지음
김미림 옮김

arte POP

차례

제1장 죽은 자가 돌아온 사건

—— 좀비는 고기를 먹는 걸까?

딸기쇼트케이크와 가토쇼콜라, 롤케이크에 몽블랑, 그리고 애플파이까지. 큼지막한 잭오랜턴(Jack-O'-Lantern. 핼러윈에 거는 호박등)이 장식된 가판대 앞에는 초콜릿으로 만든 박쥐나 도깨비 장식을 곁들인 호박무스와 호박파이가 가지런히 늘어서 있다.

10월의 어느 휴일. 신주쿠에 있는 게이오플라자 호텔의 디저트 뷔페는 손님들로 붐비고 있었다. 시즌에 맞춰 가게 안의 장식이나 뷔페 메뉴도 도깨비와 호박, 박쥐 모티브를 딴 핼러윈 분위기다. 손님들은 접시를 손에 든 채 뷔페 테이블을 따라 돌면서, 소리를 지르며 귀엽게 늘어선 디저트를 사진으로 남겼다.

손님의 비율은 압도적으로 여성이 많았다. 무엇보다 달콤한 것과 수다는 이 세상 수많은 여성들에게 마음의 필수 영양소다. 정기적으로 섭취하면 기분을 가볍게 만들고 일상을 살아가기 위한 원기를 보충할 수 있다. 대신 칼로리라는 원망스러운 것 때문에 몸이 조금 무거워지기도 하지만, 그 문제는 일단 제쳐두고 싶다. 적어도 오늘, 지금 이 순간만큼은.

그 '세상의 수많은 여성' 중에는 물론 세나 아사히도 포함돼 있다.

"와, 이 몽블랑 맛있어……!"

접시에 산처럼 쌓아놓은 디저트 중에서 우선 몽블랑을 선택한 아사히는 농후한 마롱크림이 양주 향과 함께 혀 위에서 녹아내리는 행복감에 무심코 눈을 감고 몸을 떨었다. 이어서 다크체리타르트를 입안으로 가져가자 다시 감동으로 몸이 떨려왔다.

맛있는 걸 먹는 것만으로 행복해지는 인간이라서 다행이라고 진심으로 생각했다.

"아사히, 이 호박무스도 엄청 맛있어. 다음번에 가져와서 먹어볼래?"

아사히 맞은편에서 느긋한 목소리로 그렇게 권한 사람은 히다카 마츠리다.

매우 온화한 느낌의 미인인 마츠리는 아사히의 대학 친구다. 졸업 후에도 계속 연락하며 지냈고 오늘은 신주쿠 발트나인 극장에서 같이 영화를 본 후 바로 디저트 뷔페까지 온 참이다.

"핼러윈 시기에 오니까 좋다. 나 호박 엄청 좋아하거든. 평소엔 호박 디저트 종류가 별로 없잖아."

"응, 핼러윈 장식도 귀여워! 〈팀 버튼의 크리스마스 악몽〉이 보고 싶어졌어."

"맞아. 집에 가면 DVD 다시 봐야지. 근데 그거 보면 〈유령 신부〉도 보고 싶어지는데. 팀 버튼 감독은 천재야."

아사히도 마츠리도 영화 감상이 취미다. 영화관에 자주 드나들고, 영화 잡지를 읽고, 블루레이나 DVD는 꼭 메이킹 영상이 들어간 호화판을 사고, 코멘터리까지 알차게 즐긴다— 마츠리를 제외하고는 아사히 주변에 이 정도의 영화광은 한 사람밖에 없다.

다만, 아사히와 마츠리는 영화 취향이 약간 다르다.

"저기 마츠리 짱, 최근 좀 추천할 만한 영화 있어?"

"〈오만과 편견 그리고 좀비〉 정도일까."

아사히의 질문에 마츠리가 거침없이 대답했다.

"영화관에서 봤지만, 블루레이도 샀어. 감독의 미의식이 영상 구석구석에서 느껴져서 정말 멋지더라고. 게다가 주연인 릴리 제임스가 엄청난 미인이잖아. 실사판 〈신데렐라〉에서도 주연이었는데 나는 이 영화에서 훨씬 더 아름답게 찍혔다고 생각해. 릴리 제임스랑 자매들이 무도회를 준비하는 장면을 몇 번이나 돌려봤는지! 드레스 아래에 다양한 무기를 숨기고 가는 모습이 정말 스타일리시하게 그려져 있어서 멋있어. 기본적으로 스토리는 『오만과 편견』이랑 같으니까 꼭 키이라 나이틀리가 주연을 맡은 〈오만과 편견〉과 같이 보는 걸 추천할게."

"아…… 〈오만과 편견〉은 봤는데…… 좀비는 좀……."

변함없이 느긋한 말투로, 그러나 열변을 토하는 마츠리를 보고 아사히는 쓴웃음을 지었다.

아사히는 호러 영화만은 별로 좋아할 수가 없다. 특히 피나 내장이 튀어나오는 영화는 무서워서 못 본다. 하지만 마츠리는 단아한 외모와는 달리 호러 영화나 스플래터 영화도 엄청 좋아한다. 학창시절 미팅 자리에서 〈이블 데드〉의 신 버전, 구 버전에 대해 열변을 토했다가 참석한 남학생들 전원이 질려서 도망갔다는 얘기는 지금도 둘 사이에서 얘깃거리다.

"아깝다, 아사히. 호러에도 명작은 많은데. 슬슬 아사히도 좀비를 사랑해도 좋을 때라고 생각해. 어쨌든 드라마 〈워킹 데드〉부터 시작하는 건 어때? 그 드라마 진짜 짱이야. 좀비 묘사에도 힘이 들어가서 훌륭한데, 드라마로서도 그 이상으로 잘 만들어졌어. 게다가 주인공인 릭은 아사히도 정말 좋아하는 로맨스 영화 〈러브 액츄얼리〉에도 나온 앤드루 링컨이 맡았어. 꼭 한번 보면 좋겠다."

"응. 〈러브 액츄얼리〉에서 그 사람 나오는 에피소드, 결말이 정말 좋잖아. 그 영화 중에서도 제일 좋아. 근데 〈워킹 데드〉는⋯⋯ 전에도 마츠리 짱이 극찬해서 사실은 DVD 1편만 빌려서 본 적 있는데 1화 마지막에 말이 좀비 떼에게 먹히는 장면에서 이미 이건 못 보겠다 싶어서⋯⋯."

 "어머, 그 정도 내장 파티로 무너지면 안 돼. 좀 더 노력해야지."

 "그렇지만 노력해봐도 안 된다니까! 꿈에 나올 것 같아서 그날 밤은 〈주토피아〉 보고 마음을 달랜 다음 잤을 정도야!"

 "아, 〈주토피아〉는 나도 좋아해. 주디랑 닉 둘도 좋지만, 제일 좋아하는 건 나무늘보가 나오는 장면이야."

 마츠리의 영화 취향은 정말 폭이 넓다. 아사히는 마츠리가 대단하다고 생각했지만 자신이 그 경지에 오르려면 아직 멀었다. 역시 내장은 안 된다, 내장은.

 마츠리는 호박파이를 포크로 나누면서 한숨을 내쉬었다.

 "아, 역시 아사히랑 같이 있으면 영화 이야기를 잔뜩 할 수 있어서 즐거워. 아사히 정도 되는 수준으로 얘기할 수 있는 사람 주변에 없거든. 아사히도 아직 그래?"

 마츠리의 물음에 아사히는 순간 말문이 막혔다.

 아사히는 케이크 위의 딸기를 쿡쿡 찌르며 신중하게 입을 열었다.

 "아⋯⋯ 음, 사실은 최근에 한 명 정도가 생겼어."

 "어머, 좋겠다. 여자야? 아님, 남자?"

 "⋯⋯남자."

"헉! 아사히, 설마!"

마츠리가 갑자기 눈을 반짝이며 몸을 쑥 내밀었다.

아사히는 황급히 고개를 저었다.

"아, 아니야! 나, 남자친구 아니고 작가야! 지금 담당하고 있는 작가가 영화를 좋아해!"

"뭐야, 시시해. 오랜만에 아사히의 연애 얘기 듣나 했더니. 저기, 그 영화 좋아한다는 작가 누구야? 나도 알고 있는 사람인가."

"……미안. 작가에 대한 자세한 얘기는 하면 안 돼서."

"아, 개인정보 보호라든가 비밀엄수 같은 거? 그러면 어쩔 수 없지 뭐."

마츠리는 아사히가 말끝을 흐렸는데도 기분 나쁜 기색 없이 그냥 흘려 보냈다. 아사히는 마음속으로 한 번 더 미안하다고 마츠리에게 사과했다.

아사히는 기오사라는 출판사에서 소설 편집 일을 하고 있다. 편집자의 업무는 작가의 개인정보를 지키는 것을 전제로 한다.

하지만 아사히가 지금 담당하고 있는 작가에 대해서는 특히 주의할 필요가 있다.

―미사키 젠.

작가의 이름이다.

미사키 젠의 프로필은 세간에 일절 알려지지 않았다. 꽤 인기 있는 작가인데 기오사 외에는 함께 일하지 않고 인터뷰도 하지 않으며 얼굴, 나이, 경력, 성별 모두 밝혀지지 않은 수수께끼의 작가로, 줄곧 그 정체를 숨기고 있다.

아사히는 그가 그럴 수밖에 없는 이유를 담당 편집자가 되어 처음으로 알게 됐다.

사실 미사키 젠은 인간이 아닌— 무려 뱀파이어다.

뱀파이어라는 존재가 이 세상에 실존하고, 게다가 작가라니 마치 소설이나 영화 같은 이야기다. 하지만 분명한 사실이기에 현실도 얕잡아 볼 수 없게 됐다. 뿐만 아니라 자시키와라시나 요괴 여우 등 다양한 인간 외 존재가 그 정체를 숨기고 인간 사회에서 살아가고 있다고 하니, 현실이 소설과 딱히 다르지도 않은 것 같다. 호러 영화를 좋아하는 마츠리에게 얘기하면 엄청 좋아하겠지만, 인간 외 존재에 관련된 모든 것은 결코 이야기할 수 없는 비밀 사항이다.

애초에 미사키 젠은 아사히에게 특별한 작가였다. 기오사에 입사하기 훨씬 전부터.

처음 미사키 젠의 소설을 읽은 건 고등학생 때였다. 페이지를 넘기다가 사랑에 빠졌다고 해도 과언이 아닐 정도로 머릿속이 미사키 젠의 소설로 가득 찼던 것을 지금도 기억하고 있다. 대체 어떤 사람이 이런 책을 썼을까. 그 시절 나름대로 이것저것 온갖 수단을 동원해서 조사해봤지만 아무것도 알아내지 못했다. 그러는 동안에도 미사키 젠의 책은 계속 출판됐고, 신작을 읽을 때마다 점점 더 미사키 젠이 좋아졌다.

그리고 대학생이 된 후 혹시 미사키 젠을 만날 수 있을지도 모른다는 철없는 희망을 가슴에 품고 기오사의 취직 시험을 봤는데— 놀랍게도 합격해버리고 말았고, 심지어 문예 부문에 배속

됐다. 그 당시에는 분에 넘치는 행복 같아서 분명 첫 출근 날 죽을 거라고, 반쯤은 진심으로 믿었을 정도였다.

하지만 편집부 내에서도 미사키 젠에 대한 정보는 전부 감춰져 있었다. 담당 편집자인 오하시 노부히로 편집장 외에는 아무도 모르는 수수께끼 같은 작가였다.

상황이 변한 건 올해 6월. 지금으로부터 4개월 전의 일이다.

아사히는 오하시에게 미사키 젠의 담당을 이어받고, 미사키 젠을 둘러싼 모든 사정을 알게 됐다. 지금도 가끔씩 믿기지 않는다. 자신이 그 미사키 젠을 담당하다니.

아니, 그보다─ 자기 같은 사람이 담당해도 정말 괜찮은 걸까. 오히려 그런 생각이 더 강했을지도 모르겠다. 아사히는 자신이 미사키 젠의 담당 편집자로 어울리는지 아직도 자신이 없었다.

"왜 그래, 아사히. 갑자기 한숨을 쉬고."

"……어, 미안."

마츠리의 목소리에 아사히는 제정신으로 돌아왔다.

"뭐야, 뭐 고민되는 일 있어? 얘기할 수 있는 거면 들어줄게."

마츠리의 말에 아사히는 조금 망설였다. 미사키 젠에 대한 얘기는 할 수 없지만 개인정보를 최대한 숨긴다면 조금은 얘기해도 괜찮을지 모른다.

고민한 끝에 아사히는 신중하게 입을 열었다.

"……저기, 아까 얘기한 작가 말이야."

"영화 좋아한다는 사람?"

"응. 그 사람, 엄청 인기 있는 작가고, 나도 옛날부터 좋아했는데,

게다가 그 사람 자체도— 음, 자세히 말은 못 하지만, 여러 가지로 대단한 사람이거든."

"그럼 아사히도 대단한 거네. 그런 대단한 작가를 담당하고 있으니까."

"아니, 마츠리 짱, 그런 논리는 이상하잖아! 그 작가는 대단하지만 나는 전혀 대단하지 않아…… 사실 그래서 고민이랄까……."

"뭐야, 왜 그런 이유 때문에 고민을 해?"

"그, 그야 나는 아직 편집자로서 경험도 별로 없고, 이렇다 할 인생 경험도 없는 평범한 인간인데…… 그 선생님한테는 좀 더 제대로 된 다른 편집자가 더 맞지 않을까 하고."

"나왔네, 나왔어. 아사히의 '평범 콤플렉스'."

아사히는 정곡을 콕 찔려서, 무심결에 입을 꾹 다물었다.

마츠리가 접시 위에 놓인 애플파이를 포크로 찔러가며 말했다.

"옛날부터 그랬잖아, 너. 자신을 엄청 시시한 인간이라고 생각하고. 역시 그 남자 때문이지? 이미 옛날에 이름도 까먹었지만!"

"아하하, 딱히 그 사람 때문은 아니야……."

아사히는 작은 그릇에 담긴 과일젤리를 스푼으로 떠 먹으며 쓴 웃음을 지었다.

마츠리가 말하는 '그 남자'는 아사히가 학생 때 잠시 사귀었던 남자를 말했다. 교제 기간은 3개월 정도밖에 안 됐지만, 마지막에 아사히는 '너는 너무 평범해서 지루해'라는 말을 듣고 차였다. 사귀자고 했던 건 상대방이었는데. 참고로 그 남자는 영화에는 일절 흥미가 없어서 아사히는 영화에 관한 얘기를 단 한 음절도 꺼내지 않았고, 그게 지루하다는 말을 들은 원인이었을 거라는 게 미사키 젠의 분석이었다. ……분명 그것도 이유 중 하나인 것 같다.

하지만 아사히의 '평범 콤플렉스'는 거기부터 시작된 이야기가 아니었다.

예전부터 세나 아사히라는 인간을 나타내는 최적의 단어는 '평균점'이었다.

초등학교부터 고등학교까지 아사히의 키와 체중은 훌륭할 정도로 그 연령대 여자아이의 평균치, 그중에서도 정가운데였다. 대학 이후에는 일부러 평균치를 보지 않아서 잘 모르지만 아마 지금도 마찬가지일 거라고 생각한다. 학교 성적도 과목에 따라 조금은 다르지만 대체로는 평균이었다. 주변 친구들이 성적이 나오면 곧바로 아사히의 점수와 비교해서 본인이 평균 위인지 아래인지 판단했을 정도다. 그리고 이목구비마저 '일본인의 흔한 얼굴'의 전형이어서, 어디를 가거나 누구와 만나도 꽤 높은 확률로 '초등학교 때 같은 반이었던 누구와 닮았다'라는 말을 듣곤 했다. 덕분에 첫 대면에서 상대방이 경계심을 갖는 경우는 없었지만 '얼마나 흔한 얼굴인 걸까'라고 생각하며 거울을 바라보고 한숨을 쉰 적은 있다.

―하지만.

이것만큼은 평균 이상이라고 생각하는 게 없지는 않다.

영화를 좋아하는 마음과 미사키 젠의 작품을 좋아하는 마음. 특히 후자의 경우에는 누구에게도 지지 않을 자신이 있다.

그리고 이 두 가지야말로 아사히가 기오사에 입사한 이유와 미사키 젠의 담당으로 선택된 이유와 깊은 관련이 있는 듯했지만―

과연 편집자로서의 우수성으로 연결될는지는 잘 모르겠다.

다행히도 미사키 젠은 아사히를 나름 마음에 들어 하는 것 같았지만 신작 집필은 전혀 진행되지 않은 게 현실이었다. 미사키 젠의 담당이 바뀌었을 때, 편집장이 아사히에게 내린 임무는 최근 2년 동안 신작을 거의 쓰지 않은 미사키 젠에게 장편을 쓰게 하는 것이었다.

"저기, 아사히. '평범'은 딱히 나쁜 게 아니야. 뭐 나는 애초에 아사히가 전혀 평범하다고 생각하지 않지만. 이렇게 심오한 영화 이야기를 아사히만큼 할 수 있는 사람도 드물다니까."

마츠리가 말했다. 같은 말을 미사키 젠에게도 들었던 적이 있는데, 말하자면 아사히의 특징 중 가장 큰 부분을 '영화광'이 차지하고 있다는 걸까. 오히려 그걸 빼면 아무것도 남지 않는다는 말 같아서 아사히는 약간 울고 싶어졌다.

"내가 볼 땐 아사히는 정말 대단해. 상대방에 따라서 매니악한 이야기를 피하니까. 나는 그런 거 별로 신경 안 써서 소개팅에서 차이거나 직장에서 이상한 사람 취급받아. 스플래터 영화 좋아한다는 말이 뭐 어때서. 〈텍사스 전기톱 학살〉의 마스터 필름 같은 건 뉴욕근대미술관에 소장돼 있다니까? 예술이라고."

"응, 마츠리 쨩의 그런 흔들림 없는 모습, 나는 정말 좋아해."

"고마워, 아사히. 그럼 둘 다 접시도 비었으니까, 슬슬 다음 디저트 가지러 갈까? 단것 먹고 열심히 원기 보충하자. 월요일 되면 우리 둘 다 일하러 가야 하잖아. 아사히는 대단한 작가님한테 원고를 받아야 하고, 난 그 덜떨어진 상사랑 얼굴을 맞대야 하니까."

15

마츠리는 회사의 경리 부서에서 일한다. 최근 이동해 온 상사가 어지간히 싫었는지 오늘 디저트 뷔페에 온 것도 스트레스가 쌓여서 단 걸 먹고 싶다는 마츠리의 소망 때문이었다.

"응, 그럼 두 번째 가지러 가자. 내일의 활력을 얻기 위해!"

"아, 잠깐만."

일어서려던 아사히의 팔을 마츠리가 급히 잡아끌고는 아사히에게 얼굴을 가까이 대고 숨죽인 목소리로 말했다.

"저기, 아까부터 신경 쓰였는데…… 아사히 대각선 뒤로 앉아 있는 사람, 다카시마 렘 아니야?"

"응?"

아사히는 어깨 너머로 슬쩍 대각선 뒷자리를 돌아봤다.

있다. 얼룩말 무늬 재킷에 새빨간 미니원피스, 은빛 글리터가 한쪽 면에 반짝이는 높은 핀힐. 일반인이 소화하기에는 좀처럼 힘든 아이템을 당당하게 몸에 두르고 연예인 아우라를 숨기지도 않은 채 앉아 있는 젊은 여성. 큰 선글라스로 눈은 감추고 있지만, 보브 커트에 둘러싸인 작은 얼굴을 어디선가 본 적 있는 듯했다. 마츠리 말대로 다카시마 렘이다. 최근 패션잡지나 텔레비전 버라이어티 방송에서 자주 보이는 인기 모델이다. 보아하니 혼자서 온 것 같다.

하지만 모델이 과연 왜 혼자 디저트 뷔페에 온 걸까. 게다가 그녀의 앞에는 뷔페 테이블에 있던 가벼운 음식과 디저트를 통째로 가져오기라도 한 듯 엄청난 양의 접시가 늘어서 있었다. 잠깐만. 모델은 누구보다 칼로리를 신경 쓰는 직업 아니었나.

"……사, 사람 잘못 본 거 아니야? 분명 엄청 닮긴 했지만 모델은 보통 저렇게 안 먹잖아?"

"모델도 사람이야. 스트레스가 쌓이면 폭식할 때도 있겠지."

마츠리는 그렇게 말했지만 아무리 그래도 저 양은 말도 안 된다. 앉아만 있어도 가녀리다는 게 훤히 보이는 체구 어디에 저만큼의 음식을 집어넣을 수 있다는 걸까. 그녀를 주목하는 사람은 아사히와 마츠리뿐만이 아니었다. 가게 안 여기저기서 시선이 모이는 듯했지만 그녀는 신경 쓰지 않고 묵묵히 가라아게를 입안 가득 넣고, 호박파이까지 먹어 치우고 있었다.

그때였다.

그녀가 선글라스를 살짝 내리고 고개를 들었다.

아이라인이 선명하게 그려진 커다란 눈이 이쪽을 — 아사히를 보더니 새빨간 입술이 씨익 미소 지었다.

아사히는 깜짝 놀라서 무심코 시선을 돌렸다.

"마츠리 짱, 케이크 가지러 가자. 시간 끝나겠어."

아사히는 마츠리의 팔을 잡아끌고 도망치듯이 뷔페 테이블로 향했다.

왜일까? 다카시마 렘은 분명 아사히를 보고 웃는 듯했다. 물론 한 번도 만난 적 없는 사람이었다. 그렇다면 아사히를 다른 사람과 착각한 건가? 설마, 늘 그랬던 것처럼 초등학교 시절 반 친구와 닮았다는 이유는 아니겠지.

아사히는 신경이 쓰이는 까닭에 다시 한 번 다카시마 렘 쪽을 돌아봤다.

하지만 그녀는 이미 이쪽을 보고 있지 않았고, 다시 디저트를 먹고 있었다. 용기 있는 손님 한 명이 그녀에게 다가가 뭔가 말을 걸고 있다. 아마도 다카시마 렘 본인인지 물어보는 거겠지. 그녀는 손님을 올려다보며 싱긋 웃고는 고개를 저었다. 손님은 얌전히 물러났지만, 납득한 모양새는 아니다.

……그녀가 아사히를 보며 웃었다고 느낀 건 아마도 기분 탓이리라.

혹은 너무 흥미진진한 표정으로 돌아본 아사히의 모습이 어지간히 이상했다거나. 그래서 이쪽을 보고 웃었던 것이다.

아사히는 그렇게 생각하기로 하고 뷔페 테이블로 향했다.

다음 날, 아사히는 지유가오카에 있는 미사키 젠의 맨션을 방문했다.

뱀파이어인 미사키 젠은 낮에는 자고 밤에 일어나는 생활을 계속하고 있다. 그래서 아사히가 미사키 젠을 찾아가는 시간은 늘 저녁 8시쯤이다.

사전에 방문하겠다는 약속을 잡은 상태였다. 역에서 곧장 맨션으로 가 현관 인터폰으로 603호를 호출하자 자동잠금 문이 열렸다.

엘리베이터로 6층까지 올라가 이번에는 603호의 초인종을 직접 누르자 바로 문이 열렸다. 대체로 루나가 문을 열어준다. 루나는 미사키 젠과 함께 사는 미소녀로, 금발의 곱슬머리며, 옥석 같은 푸른 눈동자며, 프릴이 잔뜩 달린 검은 원피스가 마치 인형처럼 사랑스럽다. 하지만 미사키 젠이 인간이 아니듯이 루나 역시 인간은 아니다. 루나의 정체는 고양이다. 겉모습은 열 살 전후의 어린아이지만 실제로는 아사히보다 오래 살았다고 한다.

"안녕, 루나 쨩."

아사히가 인사하자 루나는 얼굴을 휙 돌린 채 발소리도 없이 복도 안쪽으로 달려갔다. 이것도 늘상 있는 일이다. 미사키 젠을 진심으로 사랑하는 루나로서는, 그에게 다가가는 여자는 다 적으로 생각되는 모양이었다. 하지만 겉모습이 어린아이인 탓에 그런 태도도 귀엽기만 하다.

신발을 벗고 들어가려던 아사히는 현관 바닥에서 큼직한 남자 신발을 발견했다. 미사키 젠의 신발은 아니다. 그렇다면.

"……아아, 역시 나츠키 씨였네……."

복도 끝에 있는 거실 문을 열고 아사히는 그 자리에서 어깨를 축 늘어뜨렸다.

"아하하, 미안, 아사히 쨩. 하지만 얼굴 보자마자 그렇게 낙담하면 나도 상처받아."

널찍한 거실 중앙에는 커다란 유리 탁자와 멋들어진 소파 세트가 놓여 있고, 두 남자가 앉아 있었다.

아사히에게 지금 말을 건 사람은 양복 차림의 젊은 남자 쪽이다. 선명한 이목구비와 앉아 있어도 눈에 띄는 큰 키의 소유자이지만, 풍기는 분위기는 서글서글하고 다정해서 멋지다기보다는 애교 있다는 말이 어울렸다. 하지만 분위기와는 달리 그의 직업은 경찰관이다. 경시청 수사1과 이질사건수사계 소속의 하야시바라 나츠키 형사.

"죄송합니다, 세나 씨. 하필이면 나츠키 씨가 들이닥치는 바람에."

그렇게 말한 건 딱 봐도 서양인 같은 이목구비를 한 남자다. 밤색 머리칼에 속이 다 비칠 듯 새하얀 피부, 오뚝한 콧날, 연수정처럼 밝은 다갈색 눈동자. 완벽하게 잘 정돈된 아름다운 얼굴이며 일본인에게는 있을 수 없는 긴 다리. 마치 소녀만화 속 캐릭터가 현실세계로 튀어나온 듯했다. 나츠키와 같이 앉아 있어도 눈에 띨 정도로 키가 크고, 셔츠에 긴 카디건 정도의 편안한 차림이었다.

이처럼 실로 아름다운 사람이 바로 아사히가 담당하는 작가 미사키 젠이다. 나이는 겉으로 보기에 20대 중반 같지만 일본에 넘어온 건 다이쇼 시대였다고 하니, 뱀파이어라는 존재는 정말로 불로불사의 생명체인 모양이다.

"저는 세나 씨와 약속이 있다고 말했는데 야마지 씨한테 되도록 빨리 정리하라는 명령을 받았다면서 기어코 이야기만이라도 오늘 끝내자는 거예요. 어느 시대에도 그렇지만, 국가 권력이란 정말로 흉포하고 사람을 곤란하게 만드네요. 상대방 사정은 왜 뒷전인지."

미사키 젠이 홍차가 든 찻잔을 들어 올리며 달콤하게 울리는 맑은 테너 톤의 미성으로 은근슬쩍 독설을 내뱉었다.

"저기, 미사키까지 나를 몰아세우지 말아줘……. 왠지 나 혼자만 나쁜 사람 같잖아."

"딱히 나츠키 씨를 탓하려는 건 아니에요. 어디까지나 나츠키 씨가 소속돼 있는 조직을, 더 자세히 말하자면 나츠키 씨의 상사인 야마지 씨를 탓하는 겁니다. 애초에 나츠키 씨는 악역 얼굴은 아니니까요. 형사물이라면, 과거에 주인공을 감싸고 죽은 옛 파트너로 회상 장면에서 가끔씩 등장하는 역에 어울리는 얼굴이에요."

"아니, 잠깐. 이야기 시작도 전에 죽어 있잖아."

"혹은 전쟁물에서 '나 이 싸움 끝나면 고향으로 돌아가 사랑하는 사람이랑 결혼할 거야'라는 대사를 절묘한 타이밍에 산뜻한 느낌으로 말하는 역할이든가요."

"그거 분명 사망 플래그 같은 대사잖아! 나를 죽이지 말라니까!"

"아, 알겠다. 나츠키 씨 뭔가, 그럴듯한 죽음에 어울리는 느낌이네요! 〈반지의 제왕〉이라면 보로미르라고나 할까."

"왜 아사히 짱까지 나를 죽이려는 거야? 나 얼마나 죽고 싶어 하는 얼굴인 거야!"

나츠키가 들떠서 대화에 끼어든 아사히를 한심하다는 표정으로 바라봤다.

그때 미사키 젠이 가볍게 고개를 갸웃하며 말했다.

"보로미르를 연기한 숀 빈은 굳이 따지자면, 악역 얼굴이지 않나요? 그 사람 모국인 영국에선 둘째 치고, 할리우드에서는 악역 쪽이 많았잖아요. 딱히 나츠키 씨와 비슷한 이미지는 아닌 것 같네요."

"옛날에는 악역만 했지만, 보로미르 이후에는 그렇지 않은 역도 늘었어요. 생각해보세요. 보로미르는 아주 아름다운 죽음을 맞이한 편이고 3부작의 제1장에서 죽는데, 그 이후에도 회상에 등장하잖아요. 게다가 상상해보면, 나츠키 씨는 설산에서 양팔에 호빗을 안고 '이대로라면 호빗들이 다 죽는다고!'라고 외치는 모습이 잘 어울리지 않나요?"

"……분명 그런 장면에 딱입니다."

미사키 젠이 실제로 상상해봤는지 웃음을 참는 듯한 표정으로 고개를 끄덕였다. 나츠키는 완전히 토라진 표정으로 테이블에 놓인 쿠키를 우적우적 씹었다.

마트리에게 말한 대로 미사키 젠과 아사히는 영화라는 공통 취미로 서로 의기투합하고 있다. 미사키 젠의 영화 사랑도 보통이 아니어서 미사키 젠이 앉은 소파 주변에는 홈시어터 스피커가 서 있고 텔레비전은 대형으로 구비되어 있다. 벽에 놓인 선반에는 DVD나 블루레이, 비디오테이프가 꽉 들어차 있고, 각종 영화잡지도 꽤 오래전 것까지 꽂혀 있다.

대화가 마무리됐다고 생각했는지 루나가 아사히 몫까지 홍차를 가져왔다. 아사히는 미사키 젠이 권하는 대로 소파에 앉으며 찻잔을 집어 들었다. 꽃향기와 과일 향이 훅 올라왔다. 루나가 우린 홍차는 언제나 맛있다.

"그래서 나츠키 씨, 이번에는 대체 선생님한테 무슨 일을 시키실 작정이에요?"

아사히는 홍차를 한 모금 마시고 기분을 가라앉힌 후 나츠키에게 물었다.

미사키 젠의 원고가 진행되지 않는 이유 중 하나는 나츠키가 가져오는 사건 때문이었다.

나츠키가 소속된 이질사건수사계 — 줄여서 '이수계'는 경시청 수사1과 중에서도 특별한 사건을 담당하는 곳이며 일반적으로는 존재 자체가 공표되지 않았다. 이수계의 최우선 목표는 '인간이 아닌 존재가 관여한 사건 및 관여가 의심되는 사건을 비밀리에 처리하는 것'이라고 한다. 즉 인간 외의 존재가 얽힌 사건을 담당한다는 얘기다.

그리고 뱀파이어인 미사키 젠은 이수계 자문을 담당하고 있다.

이수계의 자문 역할은 미사키 젠의 또 다른 업무이기 때문에 원래대로라면 편집자인 아사히가 끼어들어서는 안 됐다. 하지만 이 자문 역할이라는 것이 심상치 않은 것이라, 실제로 미사키는 거의 행동대장이나 다름없었다. 전에는 연쇄살인마인 늑대인간을 잡기 위해 나섰다가 주로 쓰는 왼팔에 부상을 입었다는 말을 듣고 아사히는 가만히 있을 수 없었다. 무엇보다 미사키 젠은 원고를 손으로 쓴다. 다시 왼팔에 부상을 당한다면 원고는 더더욱 늦어지고 만다.

"그렇게 노려보지 마, 아사히 짱. 아마도 이번에는 그렇게 위험한 사건은 아닐 테니 괜찮다니까."

나츠키가 쓴웃음을 지으며 수첩을 꺼내 펼쳤다.

"그건 그렇고, 오늘 미사키한테 아사히 짱이 온다는 얘기를 듣고 어차피 아사히 짱도 얘기를 듣고 싶어 할 테니 기다려야지 했다고. 음, 어떤 사건이냐면 말이지. 어느 집에 죽었던 아버지가 돌아왔다는 얘기야."

"네?"

나츠키의 말에 따르면 사정은 이랬다.

어느 경찰 관계자가 야마지에게 직접 상담한 안건이었는데, 그 경찰 관계자의 집 주변에서 최근 장례식이 있었다고 한다. 사망한 사람은 구사카베 료이치라는 이름의 30대 회사원 남성. 암에 걸렸었던 모양이다. 불행한 이야기이긴 하지만 여기까지는 흔한 이야기라고 할 수 있다.

경찰 관계자가 기묘하게 생각하기 시작한 건 장례식이 끝나고 며칠이 지난 후였다.

그 집에는 아직 어린아이가 있어 갑자기 아버지를 잃고 슬퍼할 것이 분명해, 경찰 관계자도 신경 쓰고 있었다. 그런데 아이는 딱히 상심한 모습을 보이지 않았고 경찰 관계자는 아직 어린아이라서 아버지의 죽음을 제대로 이해하지 못해 그렇다고 생각했다.

그러는 사이에 소문이 돌기 시작했다. '그 집의 죽은 남편이 아무래도 귀신이 되어 나타난 것 같다'고.

확실하지는 않지만 밤늦은 공원에서 그 아이와 죽은 구사카베 씨가 이야기하는 걸 목격한 사람이 있다고 한다. 게다가 구사카베 는 아이를 위해서 공원 근처 가게에서 다코야키를 사서 같이 먹고 있었다고. 이상하게 생각해서 다가가자 구사카베는 바로 모습을 감추었지만, 목격한 사람의 말에 따르면 그건 분명 그 집의 죽은 남편이라고 했다.

"그래서 무슨 상황인지 확인하고, 문제가 있으면 해결하고 와야 해. 사실 우리 계장이 지시한 거야. 서두르는 이유는 이미 근처에 소 문이 퍼져서. 혹시라도 귀찮은 일이 일어나기 전에 얼른 정리하래."

수첩을 탁 닫고 나츠키가 말했다.

인간 외의 존재는 일반 사람들에게는 알려지지 않았다. 혹시라 도 인간 외의 존재가 저지른 짓이라면, 확실히 얼른 손을 쓰지 않 았다가는 세간에 그들의 존재가 알려질 것이다.

하지만 그건 그렇고.

아사히는 손을 들었다.

"저기, 죄송한데 질문해도 돼요?"

"하세요, 아사히 짱."

"이수계 관할은 인간 외의 존재가 관련된 사건이고 유령은 또 다른 수사과에서 담당한다고 전에 말하지 않았나요? 그 소문이 사실이라면 그 돌아온 아버지는 유령 아니에요?"

"응, 뭐, 평범하게 생각하면 그런데…… 유령이라기에는 딱 한 가지 이상한 점이 있어."

나츠키가 곤란하다는 표정으로 그렇게 말했다.

아사히는 고개를 갸웃했다. 지금 한 얘기 중에 이상한 부분이 있었던가. 아니, 죽은 사람이 돌아온 시점에서 충분히 이상하다면 이상하다.

미사키 젠이 말했다.

"세나 씨, 일본의 경찰은 인간 외의 존재와 유령을 두고 실체가 있는지 없는지에 따라 구별한다는 얘기를 전에 했었죠?"

"네, 기억나요."

아사히는 고개를 끄덕였다. 인간 외의 존재와 유령을 분류하는 건 까다롭지만, 경찰 내에서는 편의상 '일반적인 상태에서 물리적인 육체를 가지고 있지 않은 경우는 유령, 만질 수 있으면 인간 외의 존재'로 나누고 있다.

"그렇다면 이번 사건 얘기로 돌아가서, 그 죽은 구사카베 씨는 아이와 함께 다코야키를 먹었다고 합니다. 이건 실체가 없는 유령에게는 불가능한 일이죠."

"유령은 다코야키를 못 먹나요?"

"다코야키뿐만 아니라 음식을 섭취하는 것 자체가 불가능합니다. 무엇보다 실체가 없으니까요. 애초에 뭔가를 샀다는 지점에서 실체가 없으면 여러 가지로 어렵겠죠."

그렇다면 적어도 그 아빠는 실체가, 즉 육체가 있다는 말이다. 그렇다면 육체를 동반해서 돌아온 망자라는 건가?

육체가 있는 망자. 살아 있는 것처럼 움직이는 망자. 거기서 연상된 것은 어제 마츠리에게 귀에 딱지가 생기도록 들었던 호러 영화 이야기였다.

"……저기, 그럼 그거 좀비 아니에요?"

"아니요. 그것도 아닙니다. 여긴 일본이니까 구사카베 씨는 화장됐을 거예요. 거기다 만약 좀비라 해도 음식은 역시 먹을 수 없어요."

"아, 그렇군요……. 아니, 잠깐만요. 좀비가 정말 있어요?"

아사히는 깜짝 놀라서 그렇게 물었다.

미사키 젠과 알고 지낸 이후 지금까지 상상 속 가공의 존재라고 생각했던 괴물들이 정말로 있다는 사실은 알게 됐지만, 좀비까지 실재하리라고는 생각하지 못했다. 그건 조지 로메로 감독이 부두교(서아프리카의 민속 종교)의 좀비를 참고해서 영화 〈살아있는 시체들의 밤〉을 만든 이후로 엔터테인먼트계에 널리 퍼진 가공의 괴물이지 않았던가.

"부두교의 좀비에 대해서는 우선 제쳐두고, 사체가 움직이는 현상을 좀비라고 한다면 좀비는 실재합니다. 요인은 여러 가지가 있어요. 예를 들어 사체가 유령의 매개체가 된 경우라든가 어떤 마력을 가진 존재가 염동력으로 사체를 움직인다든가. 하지만 어떤 경우에도 식사는 무리입니다. 육체는 이미 죽어 있으니 타액이나 위액 같은 소화액은 일절 분비되지 않아요. 씹는 것까진 할 수 있다고 해도 삼키는 건 어렵겠죠."

미사키 젠이 말했다. 좀비라고 하면 왕성한 식욕으로 인간을 마구 먹어치우는 이미지밖에 없었는데 현실은 그렇지 않았다. 그보다 사체에 유령이 들러붙어도 역시 움직일 수 있는 건가? 그건 그것대로 호러 영화 속 이야기 그 자체라는 생각이 들었다.

"혹시 모르니 구사카베 씨가 화장됐는지의 여부는 우리 쪽에서 확인할 거야. 좀비일 가능성은 희박하다고 치고, 그럼 그 아이와 얘기했던 구사카베 씨는 대체 뭐야. 쌍둥이는 아닌 모양이던데."

나츠키가 한 번 더 수첩을 팔락팔락 넘기며 말했다.

미사키 젠이 고개를 끄덕인다.

"분명 단순히 쏙 빼닮은 사람이라면 다행이겠지만, 인간 외의 존재가 구사카베 씨로 둔갑했을 가능성도 제외할 수 없습니다. 그 경우라면 왜 그런 짓을 했는지가 마음에 걸리네요."

"바로 그거야. 그러니까 미사키, 내일 밤 같이 살펴보러 안 갈래? 장소는 고토 구. 일단 그 공원에 가게 될 것 같아. 아사히 짱도 같이 올 거지?"

"네, 물론이죠!"

아사히는 양손을 꼭 쥐고 힘차게 고개를 끄덕였다.

"미사키 선생님이 어쩌다 좀비한테 물리면 큰일이니까요! 저도 같이 가서 온 힘 다해 지킬 거예요!"

"좀비일 가능성은 희박하다고 말씀드렸을 텐데요. 게다가 좀비는 고기를 먹지 않습니다."

"희박하다는 건 가능성이 없는 게 아니란 말이잖아요? 게다가 삼키지는 못해도 씹을 수는 있다고 말씀하셨잖아요. 혹시 진짜 좀비라면 미사키 선생님이 물릴 수도 있지 않나요? 물린 게 왼팔이면 원고도 못 쓰고요!"

"……세나 씨가 일 중독이라서 원고를 가장 중요하게 생각하는 건 잘 알고 있지만, 늘 제 왼팔을 중심으로 걱정하는 건 좀……. 왼팔 외의 부분은 덤인가요? 부속품, 뭐 그런 거예요?"

미사키 젠이 불평하듯 말한다. 아사히는 황급히 고개를 저었다.

"그런 게 아니에요. 머리도 없으면 안 돼요!"

아사히는 만사적으로 그렇게 대답하고 나서 스스로 자신의 무덤을 팠다는 걸 깨달았다. 큰일 났다. 미사키 젠의 시선의 온도가 영점까지 떨어지고 있다.

"……오호, 그렇습니까. 그 말인즉 이야기를 생각하는 머리와 글자로 옮기는 왼팔 외에는 덤이라는 얘기네요."

"아, 아니에요. 실수했어요. 죄송합니다! 머리부터 발끝까지 전부 없으면 곤란해요!"

"미안, 아사히 짱. 지금 건 나도 편들어줄 수가 없다……."

"나츠키 씨까지? 미, 미사키 선생님, 아니에요, 정말로 전부 소중해요. 그러니까 빈틈없이 지킬게요!"

"지금 와서 그렇게 말해도 늦었어요. 지금부터 세나 씨를 악의를 담아 '편집자의 귀감'이라고 부르겠습니다."

"아아, 어떻게 좀 봐주세요……."

미사키 젠은 울먹이는 표정으로 들러붙는 아사히를 끝까지 차가운 눈으로 내려다봤다. 예전부터 아사히가 미사키 젠을 걱정하는 건 오로지 원고 때문이라고 생각하는 면이 있었지만, 이걸로 완전히 지독한 편집자라고 인정받았는지도 모른다.

그렇지 않다. 그게 아니다. 물론 원고를 쓰기 위해서는 왼팔이 중요하지만, 애초에 몸 어디든 좀비 따위가 미사키 젠을 물게 놔둘 수는 없다. 온몸 구석구석 아름다운 이 사람의 털끝 하나 다치게 할 수 없다. 그건 신을 모독하는 행위라고 온 힘을 다해 주장하고 싶지만 역시 부끄러워서 그렇게까지는 말하지 못했고, 미사키 젠에게 용서받기까지는 시간이 조금 걸렸다.

한차례 이야기가 마무리되고 나츠키는 돌아갔다. 아사히는 잠깐 남아 미사키 젠과 신작 장편에 대해 논의했지만 딱히 성과라고 부를 만한 건 나오지 않았다.

무엇보다 무엇을 써야 하는지 고민하는 단계에서 멈춰 있다.

아사히로서는 미사키 젠이 완전히 새로운 작품을 써주길 바라는 마음이 강하다. 하지만 미사키 젠은 지금 당장 딱히 쓰고 싶은 소재가 없다. 그렇다면 전에 썼던 단편을 바탕으로 같은 계통의 이야기를 모아 연작 단편 형태로 써보는 건 어떠냐고 제안했지만, 역시 미사키 젠의 반응은 그리 좋지 않았다. 결국 소재를 떠올릴 계기가 되면 좋겠다는 생각에 최근에 봤던 영화 이야기를 나누는 동안 밤이 깊어지고 말았고, 아사히는 그대로 집으로 돌아갔다.

나가노에 있는 자신의 맨션에 도착한 아사히는 신발을 벗으며 한숨을 쉬었다.

"다녀왔어, 2호……."

신발장 위에 놓인 고양이 인형, 냐타 2호를 꺼안고 터벅터벅 안으로 들어갔다. 참고로 냐타는 본가에서 키우고 있는 고양이의 이름이다. 상경해서 혼자 살게 되어 외로웠던 차에 냐타와 쏙 빼닮은 인형을 찾아서 그 인형에게 냐타 2호라고 이름을 붙였다.

아사히는 미사키 젠의 맨션과는 비교가 되지 않을 정도로 작은 자신의 맨션 안에서 소파에 앉아 2호를 끌어안았다.

"2호, 미사키 선생님은 어떻게 하면 원고를 쓸 수 있을까……."

물론 2호는 대답이 없지만 부드러운 털에 잠시 턱을 묻고 있으면 기분이 서서히 진정된다.

사실은 알고 있다. 미사키 젠의 신작이 지지부진한 가장 큰 이유를. 그건 바로 동기부여가 안 되고 있기 때문이다.

아사히는 2호를 소파 위에 두고, 책장으로 다가갔다. 책장에는 미사키 젠이 지금까지 낸 책과 단편이 실린 잡지가 전부 꽂혀 있다. 미사키 젠의 작품은 전부 초판으로 가지고 있다는 게 아사히의 자랑거리이다.

아사히는 늘어선 책등을 손가락으로 살며시 쓸다가 미사키 젠의 데뷔작인 『론도』를 꺼냈다. 아사히가 처음 읽은 미사키 젠의 작품이고, 그렇기에 더욱 각별해서 기오샤 입사 시험 때 부적 대신 가지고 갔을 정도다.

『론도』는 18세기 빈에서 시작되는 이야기다. 시인인 남자와 오페라 가수인 여자의 운명적인 만남과 불타오르는 사랑, 그리고 어쩔 수 없는 이별. 두 사람은 헤어질 때 한 가지 약속을 한다. 언젠가 꿈 같은 이야기처럼 재회하자고. 아무리 많은 시간이 지나도, 서로의 모습이 얼마나 변하든 분명 서로를 알아볼 수 있을 거라고.

하지만 두 사람이 다시 만나는 일은 없었고 시간은 무정하게 흘러 둘은 새롭게 다시 태어났다. 물론 두 사람은 전생을 기억하지 못한다. 완전히 다른 모습, 다른 신분으로 새로운 인생을 살아간다. 하지만 어느 순간에 문득 두 사람은 과거에 아주 중요한 약속을 했다는 사실을 떠올린다.

하지만 떠올렸을 때는 이미 늦었다. 두 사람은 서로 다른 사람과 결혼해서 각자의 인생을 살고 있었다. 두 사람은 딱 한 번 길에서 스쳐 지나다가 서로의 존재를 분명하게 인식한다. 그리고 서로의 옆에 있는 반려자를 보고는 아주 잠깐 시선만 교환한 뒤, 아무 말 없이 각자의 길을 걸어간다. 이후 두 사람이 만난 건 남자가 교회 앞을 지나갈 때였다. 교회에서 장례식이 치러지고 있는 모습을 보고 묘하게 심장이 요동쳐서 안으로 들어가보니 사고로 죽은 그녀의 장례식이었다.

두 사람은 그 이후에도 계속 다시 태어난다. 기억이 돌아오는 순간은 제각각이지만 꼭 어딘가에서 서로를 떠올리고 상대방을 찾아 헤맨다. 실낱같은 단서를 모아서, 혹은 단서를 남겨서 상대방이 외국에 있다는 사실을 알게 되면 쫓아간다. 호주에서 미국으로, 그리고 일본으로 무대가 바뀌어간다. 몇 번이고 다시 태어나고, 몇 번이고 상대를 애타게 그리워하는 두 사람은 마치 같은 선율을 반복하는 론도 같다.

이 이야기가 대부분 실화라는 사실을 알게 된 건 미사키 젠과 만나고 얼마 지난 뒤였다. 나츠키의 상사인 야마지가 가르쳐줬다.

『론도』는 미사키 젠 자신의 이야기라고.

환생을 반복하는 동안 두 사람의 시간은 점점 엇갈렸다. 사랑하는 사람은 같은 나라는커녕 같은 시간 축에도 존재하지 않곤 했다. 만나고 싶어도 만날 수 없는 괴로움이 결국 남자 쪽의 마음을 갉아 먹어 갔다.

그래서, 미사키 젠은 제 손으로 시간을 멈췄다. 인간이기를 그만두는 방식으로.

그리고 뱀파이어가 되어 영원한 생명을 손에 넣은 그는 두 사람의 이야기를 책으로 써서 과거의 연인에게 자신은 여기 있다고 전하려고 하고 있다.

하지만 한 가지 문제가 생겼다.

인간이 아닌 미사키 젠이 과거의 연인을 알아볼 수 없게 된 것이다.

미사키 젠 본인이 전에 아사히에게 토로했다.

이전까지는 막연하게나마 어떤 연결고리를 느꼈다. 어딘가에 있는지 느낄 수 있고, 만나면 한눈에 알아볼 수 있었다. 하지만 뱀파이어가 된 이후로는 전혀 느껴지지 않았다.

그건 미사키 젠에게 있어서 가장 큰 절망이었다. 그녀와 만나기 위해서 인간이기를 포기했는데 그 때문에 그녀와의 연결고리를 잃었다. 그렇다면 앞으로 소설을 계속 써봐야 무슨 의미가 있겠는가. 미사키 젠은 마음속 깊이 고민했다.

하지만…… 그래도.

미사키 젠은 아직 한참 더 써야 하는 작가다. 딱히 소설 자체를 쓸 수 없게 된 건 아니다. 아사히가 담당이 된 후에 내놓은 훌륭한 단편이 그 증거였다. 쓸 마음만 있으면 미사키 젠은 앞으로 몇 편이나 더 걸작을 내놓을 수 있을 것이다.

무엇보다 읽고 싶다. 아사히는 미사키 젠이 만들어내는 이야기를 읽고 싶은 것이다.

페이지를 넘길 때마다 가슴이 떨리는 그 순간을 또 맛보고 싶어서 견딜 수 없다. 단숨에 읽어버리고 싶어도 아까운 마음에 일부러 천천히 글자를 눈으로 훑을 수밖에 없는 그 감동에 젖고 싶다.

"……뭐, 이런 건 독자의 욕심일 뿐이지."

아사히는 그렇게 중얼거리고 『론도』를 다시 책장에 꽂았다.

작가가 얼마나 심혈을 기울이고 얼마나 고생해서 작품을 만들어내는지는 알고 있다. 이러쿵저러쿵하지 말고 얼른 써내라고 말할 수는 없는 노릇이다. 그러니 아사히가 할 수 있는 일은 적어도 미사키 젠이 스스로 쓰고 싶다는 생각이 들 만한 주제를 함께 찾아보는 것 정도다.

그리고 그렇게 만들어진 새로운 이야기라면 이번에야말로 미사키 젠의 운명의 연인에게 닿을지도 모른다.

그녀는 그 이야기를 읽는 순간 전생의 기억을 되찾고, 미사키 젠을 만나러 오겠지. 그녀가 눈앞에 나타난 순간 미사키 젠도 분명하게 알아볼 수 있을 것이다. 두 사람은 서로 끌어안고 결국 만나게 됐다는 사실에 눈물을 흘리며 기뻐하겠지. 그것이야말로『론도』의 진짜 마지막 장면, 누구나 바라는 해피엔딩이었다.

미사키 젠은 입맛대로 짜 맞춘 그런 싸구려 기적이 일어날 리 없다고 코웃음을 칠지도 모르지만 아사히는 알고 있다. 기적이 의외로 일어날 수도 있다는 것을.

미사키 젠의 소설을 처음 읽었던 고등학생 시절의 아사히에게는 지금 이렇게 미사키 젠의 곁에 있을 수 있다는 사실이 믿기 어려운 기적일 테니까.

"자, 슬슬 목욕하고 자야지."

아사히는 소파 위에서 쭉 지켜보고 있던 2호에게 말을 걸며 가볍게 기지개를 켰다. 내일은 미사키 젠과 함께 좀비를 만나러 가게 될지도 모른다. 그전에 쉬고 싶다.

그때 바닥에 놓인 가방이 미세하게 떨리는 것이 보였다. 스마트폰을 꺼내보니 마츠리에게서 라인 메시지가 와있었다.

[일 끝났어?]

아사히가 마츠리의 물음에 이제 막 집에 도착했다고 답하자 바로 답장이 왔다.

[고생했어. 작가 선생 기분은 어땠어? 이쪽 상사는 여전히 그대로야.]

마츠리는 그런 메시지와 함께 꽤 폭력적인 분위기의 이모티콘을 보내왔다. 고생하고 있는 모양이다. 아사히는 쓴웃음을 지으며 답을 적었다.

[이쪽도 그대로라면 그대로야. 또 맛있는 거 먹으러 가자.]

[그러자. 아, 그러고 보니까 어제 본 사람 역시 다카시마 렘 아니었나 봐.]

[뭐?]

[몰랐어? 다카시마 렘은 그 시간에 은퇴 기자회견 했어.]

아사히는 놀라서 무심코 손을 멈췄다. 다카시마 렘이라면 지금 그야말로 인기 급상승 중이지 않았던가. 아직 젊어 은퇴하기에는 너무 이르다는 생각이 들었다.

[결혼할 건가 봐. 임신했다는 소문도 있어.]

[그렇구나. 그럼 어제는 그냥 쏙 빼닮은 사람이었나 보네.]

그냥 쏙 빼닮은 사람. 마침 오늘 미사키 젠의 집에서 그런 얘기를 들었던 참이다. 문자를 보내면서 아사히는 기묘한 우연이라고 느꼈다.

그렇다고는 해도 이번엔 연예인 이야기다. 메이크업이나 헤어를 신경 써서 누군가가 연예인 흉내를 내는 일은 드물지 않다. 패션지를 보면 '동경하는 연예인 메이크업' 코너는 꼭 있다. 애초에 본바탕이 별로 닮지 않았다면 화장으로 그렇게까지 닮아 보이기는 어렵겠지만, 불가능한 일은 아니다.

아사히는 그렇게 생각하며 잠시 마츠리와 대화를 나눈 후 목욕하고 잠이 들 때쯤에는 이미 그 일을 완전히 잊어버렸다.

다음 날 아사히는 나츠키가 운전하는 차로 미사키 젠과 함께 고토 구에 있는 공원에 방문했다. 죽은 아버지가 아이와 만났다는 그 공원이었다.

시간은 저녁 6시 반. 이 시기에는 다행히 저녁 5시가 넘으면 해가 져서 미사키 젠에게 조금 일찍 일어나 달라고 할 수 있었다. 평소에는 6시 반부터 10시 사이에 일어나는 미사키 젠은 조금 졸려 보였지만, 그 아버지가 목격된 시간이 이 시간대라고 하니 어쩔 수 없다.

나츠키가 공원 앞에 차를 세우고 말했다.

"일단 낮 동안 조사할 만큼 조사해뒀어. 구사카베 씨는 역시 화장됐더라고. 그러니까 좀비일 가능성은 완전히 사라졌지. 구사카베 씨가 죽고 나서 부인인 하루카 씨는 파트타이머로 일하고 있어. 아이 이름은 소라타. 초등학교 1학년이야. 이웃 사람 말로는 공원에서 엄마가 돌아오는 걸 기다린다나 봐. 어두워지면 인적이 없으니 위험하니까 집에서 기다리라고 얘기해도 소라타는 집에 혼자 있는 게 싫었겠지. 그래서 소라타 말인데, 낮에도 이 공원에 있어서 내가 말을 걸어봤거든."

나츠키는 혼자서 그네를 타고 있는 소라타에게 경찰이라고 분명하게 밝히고 나서 물었다. "요즘 이 근처에서 수상한 녀석이 돌아다닌다는 얘기를 들었는데. 이 공원에서 누구 모르는 사람이랑 만난 적 있니?"

그러자 소라타는 모르는 사람과 만난 적은 없다고 대답했다.

이어서 나츠키는 근처에 사는 사람이 네가 밤에 어떤 남자와 여기서 다코야키를 먹는 걸 봤다고 하는데, 그 사람은 누구냐고 물었다.

그러자 소라타는 아버지라고 대답했다.

"……즉, 그 아이는 자신이 만나는 상대를 아버지라고 인식하고 있다는 거군요."

미사키 젠이 자동차 시트 등받이에 몸을 맡긴 채 창문 너머로 공원을 바라보며 말했다.

"하지만 초등학교 1학년이잖아. 개인 차는 있겠지만 보통은 나름대로 분별할 줄 아는 나이야. 사고 같은 걸로 갑자기 죽은 거라면 몰라도 구사카베 씨의 사인은 병사잖아? 입원 기간도 있었던 것 같고. 그런데 아버지의 죽음을 그렇게까지 이해하지 못하진 않을 거 아냐."

그 부분은 아사히도 좀 이상하다고 생각했다. 가족들 사이에서 아버지의 병이나 죽음을 어떻게 취급했는지 모르겠지만, 암으로 죽었다면 병원에서 날마다 야위어가는 아버지의 모습을 아이도 보고 있었을 텐데.

자신에게 대입해서 생각해봤다. 아사히의 아버지는 아직 건재하시지만 어쨌든 어떤 사정으로 돌아가셨다고 치자. 그리고 잠시 후 어떻게 봐도 아버지로밖에 보이지 않는 상대가 '내가 네 아버지야'라는 표정으로 돌아왔다고 치자. 과연 아사히는 그걸 아버지라고 생각할까. 그렇지 않을 것 같다.

하지만.

"……저기, 만약에 말인데요. 내가 정말 좋아하는 사람이 죽은 후에, 혹시 다시 돌아온다고 하면……."

아사히는 입을 열었다.

"그게 꿈이든 거짓이든 속임수든······ 믿고 싶어지는 마음은 조금 알 것 같아요."

아사히의 말에 미사키 젠이 천천히 돌아봤다. 아사히는 자신이 이상한 말을 한 건 아닐까 조금 부끄러워졌다.

하지만 미사키 젠의 눈동자는 어딘가 상냥한 빛을 띠고 있는 듯했다. 미사키 젠이 다시 천천히 공원 쪽으로 시선을 돌리며 말했다.

"······그렇죠. 분명 진짜가 아니라는 사실을 알아도 눈앞에 보이는 걸 믿고 싶어지는 건 인간의 본성일지도 모르겠습니다."

비록 죽은 사람이 돌아올 리 없다는 걸 알면서도.

만약 돌아온다면 역시 기뻐할 수밖에 없다. 그 사람이 죽었다는 사실을 마음속에 봉인한 채 눈앞에 있는 이 사람이 줄곧 옆에 있어 주기를 바랄 것이다.

"하지만 그렇다면 역시 소라타 군 앞에 나타난 죽은 아버지의 정체가 무엇인가 하는 문제가 남아요. 꿈이나 환영이 아니라 분명 어떤 실체가 있는 존재일 테니까요. 대체 어떤 이유로 왔는지, 그걸 확인하지 않으면 안 됩니다."

"이유가 어떻든 어린아이를 속이고 있는 거잖아. 주변에서 보는 눈도 있고 그냥 방치할 수는 없지. ······근데 오늘은 안 나타날 건가 본데."

운전석에 앉은 나츠키가 곤란한 표정으로 머리를 긁었다.

그렇게 넓은 공원은 아니다. 그네와 동물 모양 용수철 의자가 두 개 있고 나머지는 미끄럼틀과 문어 모양의 커다란 놀이기구뿐이다. 문어 안은 동굴처럼 돼 있는지 동굴의 입구인 듯한 구멍이 몇 개 비어 있다. 그리고 어디에도 아이의 모습은 보이지 않는다.

나츠키가 고개를 갸웃했다.

"혹시 소라타가 하필이면 오늘 얌전하게 집에 있는 걸까. 그럼 헛고생하는 건데."

"아뇨. 저 공원 안에 있습니다. 인간과 인간이 아닌 존재의 기척이 있어요."

그 말에 아사히와 나츠키는 놀라서 미사키 젠을 바라봤다.

미사키 젠은 눈동자에 살짝 붉은 빛을 띠더니 문어 모양 놀이기구를 손가락으로 가리키며 말했다.

"아마도 저 안일 거예요. 주위 사람들에게 목격되어버린 탓에 적어도 모습을 감추려는 생각은 하고 있겠죠. 그 정도 분별은 있으니 다행입니다."

그렇게 말하고 미사키 젠이 차에서 내렸다. 아사히와 나츠키도 그 뒤를 따랐다.

해가 지면 급격하게 추워지는 계절이 왔다. 미사키 젠은 얇은 검은 코트를 입고 있었다. 검은 옷을 입고 한밤중에 서 있는 모습은 마치 영화나 드라마에서 그려지는 뱀파이어 그 자체였다. 지금 당장이라도 카메라로 찍어서 영구보존하고 싶었다.

미사키 젠이 코트 자락을 휘날리며 놀이기구 쪽으로 걸어갔다. 공원의 지면은 꺼끌꺼끌한 모래에 뒤덮여 있었지만, 그 위를 걸어도 아무런 소리도 나지 않았다. 나츠키도 그 뒤를 따라서 걸었다. 미사키 젠 정도는 아니지만 나츠키의 발걸음도 조용했다. 아사히도 뒤따르려고 했지만 아무리 조심해도 한 발자국씩 움직일 때마다 자박자박 모래 밟는 소리가 났다. 대체 어떻게 하면 저 두 사람처럼 걸을 수 있는지 전혀 모르겠다. 아사히가 선 채로 오도 가도 못하고 있는데 나츠키가 뒤돌아보며 입 모양으로 신경 쓰지 말고 얼른 오라고 해서 미안한 마음으로 최대한 조용히 두 사람 뒤를 따랐다.

미사키 젠과 나츠키는 문어 모양의 놀이기구 뒤쪽으로 돌아가서 낮은 위치에 있는 동굴 입구 옆에 웅크리고 앉아서 안을 들여다봤다. 아사히도 나츠키의 옆에 웅크려 앉았다.

문어 안에서 말소리가 들렸다.

목소리는 두 개였다. 아직 새된 어린아이의 목소리와 성인 남성의 목소리였다.

"저기, 그래서 오늘은 학교에서 스즈키랑 마에다가 싸웠어!"

"싸우는 건 안 좋은데. 뭔가 이유가 있었어?"

"스즈키가 마에다 지우개를 훔쳤어! 근데 스즈키가 아니래. 떨어진 걸 주웠을 뿐이고 누구 건지 몰라서 그냥 가졌대."

"둘 다 잘못했네. 주운 사람은 누가 떨어뜨렸는지 알아봤어야지. 그리고 떨어뜨린 사람은 주워줘서 고맙다고 해야 하지 않았을까?"

아사히도 나츠키의 어깨 너머로 안을 들여다봤다.

문어의 안쪽은 당연히 어두웠다. 하지만 각 터널의 합류 지점이 되는, 아마도 문어의 머리 한가운데 부분인 것 같은 둥근 공간이 어렴풋이 보였다. 그곳에 바싹 붙어 앉은 아이와 성인 남자가 있었다. 아이는 쉴 새 없이 남자에게 말을 걸고 남자는 아이용 놀이기구의 좁은 공간 안에서 몸을 작게 구부리고 무릎을 안고 있으면서도 다정하게 고개를 끄덕이며 아이의 이야기에 대답해주고 있었다.

어둠 속에 앉은 두 사람의 표정은 아사히의 눈에는 잘 보이지 않았지만 몸짓이나 목소리만으로도 충분히 짐작할 수 있었다. 아이는 편안한 모습이었고, 남자는 아이에게 애정을 가지고 상냥하게 응대해주고 있었다.

두 사람은 진짜 아버지와 아들처럼 보였다.

하지만 미사키 젠이 인간 외의 존재라고 말한 이상, 그 아버지는 사람이 아니다.

아사히는 미사키 젠과 나츠키에게 시선을 보냈다. 미사키 젠은 이미 터널 안을 들여다보지도 않고 문어 바깥쪽에 기대서 있었지만 두 사람의 대화를 듣고 있는 듯했다. 나츠키는 터널 옆에 쭈그리고 앉은 채 두 사람의 모습을 계속 지그시 들여다보고 있었다.

이윽고 남자가 말했다.

"자, 소라타. 슬슬 엄마가 돌아올 시간이야. 집에 돌아가야지."

그러자 구사카베 소라타는 조금 불안한 목소리로 말했다.

"······아빠는? 또 회사에 가는 거야?"

"응, 살짝 빠져나온 거니까. 아직도 일이 엄청 많이 남았어. 몰래 나온 거니까 아빠랑 여기 있었다는 건 소라타랑 아빠만 아는 비밀이야. 엄마한테도 말하면 안 돼."

"······응."

"소라타는 집에서 엄마를 기다리고 있었던 거야. 늦은 밤 공원에 아이 혼자 있으면 위험하니까."

"응."

소라타는 얌전히 고개를 끄덕이고 자리에서 일어났다. 소라타의 키 정도는 문어 안에서 조금 몸을 구부리면 일어설 수 있었다. 소라타가 바닥에 앉아 있는 남자를 조금 내려다보는 자세로 물었다.

"아빠, 내일도 회사에서 빠져나올 거지?"

남자는 고개를 끄덕였다.

"응, 잠깐은 괜찮아."

"다음 일요일은 캐치볼 할 거지?"

"그건…… 될지 모르겠네. 쉬는 날에도 일이 있어서."

"……그래."

소라타가 고개를 숙였다. 남자가 손을 뻗어서 소라타의 얼굴을 쓰다듬었다.

"미안해, 소라타……. 정말로 미안하다."

"아빠 잘못이 아니야!"

그때 소라타가 갑자기 튀어 오르듯이 얼굴을 들었다.

"아빠가 왜 미안하다고 해! 아빠는 잘못 없어! 어쩔 수 없잖아! 어쩔 수 없다고!"

"소라타……."

"나, 그만 돌아갈래! 아빠 내일 봐!"

소라타가 그렇게 말하고 문어 안에서 나왔다.

남자는 앉은 채로 그 모습을 지켜보다가 몸을 웅크리고 깊은 한숨을 쉬더니 끌어안은 무릎에 이마를 갖다 댔다. 잠시 동안 남자는 그대로 움직이지 않았다.

그렇게 앉은 자세로 조용히 말했다.

"……저기, 거기 누구 있죠?"

깜짝 놀란 아사히는 자기도 모르게 움츠러들었다. 이미 오래전에 들킨 모양이다.

하지만 나츠키는 태연하게 터널 안으로 고개를 들이밀었다.

"아, 네, 있습니다. 경찰입니다."

"경찰……."

"네. 이질사건수사계입니다만, 잠깐 얘기 좀 할 수 있을까요?"

나츠키가 주머니에서 경찰 수첩을 꺼내서 보여줬다.

그때 문어 바닥을 긁는 소리가 들렸다. 아사히가 다시 터널 안을 들여다보자 남자가 반대편 터널 출구 쪽으로 기듯 달려가는 모습이 보였다. 성인이 움직이기에는 너무 좁은 곳인데도 남자는 놀라울 정도로 매끄러운 동작으로 순식간에 밖으로 빠져나갔다. 큰일이다. 놓치고 말 것 같다.

그러나 직후에 꺄악 하는 짧은 비명이 들렸다. 아사히는 무슨 일인가 싶어서 문어 바깥쪽을 돌아 비명이 울린 쪽을 보았다.

미사키 젠이 남자의 목덜미를 마구잡이로 붙잡고 있었다. 순식간에 그쪽으로 돌아 들어갔던 모양이다. 어두워서 잘 보이지는 않았지만 남자는 회사원들이 입는 지극히 평범한 양복 차림이었다. 미사키 젠의 키가 훨씬 커서 남자는 거의 공중에 매달린 상태였다.

"설마 그러시진 않겠지만, 도망칠 생각을 하는 건 아니겠죠?"

"……그런 생각 안 합니다. 도망쳐봐야 소용없잖습니까."

남자가 미사키 젠의 손에 매달린 채로 푹 고개를 숙이며 그렇게 말했다.

일단 사람들 눈을 피하기 위해 나츠키의 차 안으로 이동하기로
했다.

평소엔 뒷자석의 미사키 젠 옆에 아사히가 앉고는 했는데, 지금
은 그곳에 남자를 앉혔기 때문에 아사히는 조수석에 앉아 있었다.

운전석에 앉은 나츠키가 남자에게 물었다.

"뭔가 정상참작의 여지가 있을 것 같은 느낌인데 이거. 뭐, 어쨌
든 당신, 구사카베 료이치 씨 아니죠?"

"……네."

남자가 체념한 모습으로 고개를 끄덕였다.

"그렇다면 지금 모습도 진짜가 아니라는 거고요?"

"……네."

역시 변신한 모습이었던 모양이다.

미사키 젠이 말했다.

"정체는…… 너구리죠?"

"……네."

남자가 고개를 끄덕였다. 아사히는 무심결에 조수석에서 남자
를 돌아봤다. 아사히가 너구리라는 말을 듣고 머릿속으로 떠올린
건 분부쿠차가마(文福茶釜, 가난한 노인 덕분에 목숨을 건진 너구리가 그
보답으로 차가마로 변신해서 절에 팔려간다는 내용) 같은 옛날이야기라
든가 〈폼포코 너구리 대작전〉이라는 애니메이션 영화였다. 머릿속
에서 영화에 나왔던 너구리들이 '으랏챠챠!' 하고 응원의 목소리를

44

내기 시작하는 모습을 겨우 억누르고 남자를 뚫어지게 쳐다봤지만, 아사히의 눈에는 역시 인간으로 보인다.

그렇지만 생각해보면 미사키 젠의 집에 있는 루나의 정체는 고양이고 미사키 젠과 친분이 있는 전통 카페의 점주 구조 다카라는 여우다. 그들에게 꼬리나 귀가 달려 있는 모습을 본 적은 없지만, 아사히가 간파할 수 있을 정도라면 애초에 인간 외의 존재가 인간 사회에서 살아가기는 불가능할 것이다.

그건 그렇고 이번 경우는 사실은 너구리였던 남자가 구사카베를 쏙 빼닮은 모습으로 변신했다는 이야기가 된다. 인간 외의 존재는 이런 식으로 자유롭게 모습을 바꿀 수 있는 걸까.

"인간으로 변신할 수 있는 능력을 가진 인간 외의 존재는 그 나름의 수가 존재합니다. 하지만 대체로 변신한 후의 모습은 어느 정도 고정되어 있기 마련입니다. 예를 들어 루나의 경우, 평소의 모습을 기본형으로 두고 다소 나이 든 모습으로 변신할 수는 있지만, 완전 다른 사람으로 변신하지는 못합니다. 다양한 모습으로 자유롭게 변신할 수 있는 건 변신이 특기인 너구리나 여우이고, 일본에서는 분명 한 종류가 더 있을 뿐일 겁니다."

미사키 젠이 설명했다. 그렇다면 다카라는 평소의 미녀 모습뿐 아니라 다른 모습으로도 변신할 수 있다는 말인가. 그건 그것대로 보고 싶다.

남자가 입을 열었다.

"저, 저기, 저는 절대 이상한 마음을 먹은 게 아닙니다! 나쁜 짓을 하려고 이런 모습으로 변신한 게 아니라……. 전부 설명할 테니까 지금 알려드리는 주소로 같이 가주시겠습니까?"

남자가 가르쳐준 곳은 어느 항구의 주소였다. 나츠키가 미사키를 돌아보며 말했다.

"미사키, 괜찮은 거지?"

"네, 이왕이면 제대로 이야기를 들어보죠."

미사키 젠이 고개를 끄덕이자, 나츠키는 차를 출발시켰다.

달리는 차 안에서 남자는 지극히 얌전했다. 도망치려는 기색은 일절 없이, 가끔씩 겁에 질린 시선으로 미사키 젠을 보고 있었다. 정작 미사키 젠은 일찍 일어난 탓인지 가끔씩 눈을 감으며 조는 듯했다.

아사히는 작은 목소리로 나츠키에게 물었다.

"……저기, 나츠키 씨, 선생님은 인간 외의 존재 중에서도 역시 센 편인가요?"

지금껏 아사히는 자시키와라시가 미사키 젠의 명령에 얌전히 따르는 모습이라든가, 괴물 개가 바로 복종하는 모습을 봐왔다. 인간 외의 존재 중에도 힘의 상위라든가 하위 같은 게 있는 것일까.

"응? 뭐, 그렇지. 특수한 능력도 많고 단순히 완력이라든가 운동 능력으로도 뱀파이어는 꽤 강할 거야. 아마도 저 녀석이 마음만 먹으면 나 같은 건 한 손으로도 던져버릴 수 있을걸. 그러니까 경찰 쪽에서도 미사키 젠을 너무 의지해버린다고나 할까."

"호위무사 같은 느낌인가요?"

"야마지 씨는 그런 식으로 쓰고 싶어 해. ……딱히 미사키가 만능인 것도 아닌데 그건 좀 아닌 것 같지만."

나츠키가 핸들을 돌리며 마지막에 속삭이듯 한마디 덧붙였다.

아사히도 나츠키가 뱀파이어를 보고 만응이 아니라고 말한 이유를 알고 있다. 무엇보다 미사키 젠은 태양광에 닿으면 안 되고, 은 제품을 만질 수도 없다. 십자가나 마늘은 괜찮은 듯하지만, 그래도 저 두 개의 약점은 꽤 크다. 언젠가 심각한 사태를 초래할 것 같아서 생각만으로도 두려워진다.

그렇기 때문에 더욱 미사키 젠을 멋대로 이용하려는 경찰로부터 어떻게든 지켜야겠다고 생각한다. 아사히가 무엇을 할 수 있을지는 모르겠지만.

"그래도 이수계 일은 미사키 젠이 없으면 아마 전혀 돌아가지 않을 거야. 이러니저러니 해도 인간 혼자서 인간 외의 존재가 관련된 사건을 해결하는 건 역시 무리야. 지식도 이해도 능력도 완전 부족해. 그러니까 미사키 젠이 협력해줘서 정말 감사하게 생각하지. 너무 의지하지는 않으려고 열심히 노력하는데…… 이게 꽤 어려워서 말이야. 그래서 늘 저 녀석한테는 미안한 마음이 있어."

나츠키가 백미러 너머로 미사키 젠을 보며 말했다. 나츠키는 늘 그랬듯이 겉치레가 아닌 진심으로 미사키 젠을 걱정하고 있었다. 그래서 아사히는 나츠키가 미사키 젠을 담당하는 한, 진짜 지독한 일은 일어나지 않을 것이라고 믿고 있다.

아사히도 슬쩍 미사키 젠을 들여다봤는데 아무래도 본격적으로 잠들었는지 눈을 완전히 감고 있었다. 잘생긴 사람은 역시 자는 얼굴도 아름다워서 보고 있으면 조금 감동하게 된다. 뺨에 드리운 긴 속눈썹 그림자나, 살짝 열린 입술이 부드럽게 부푼 모습이 마치

'잠자는 숲속의 공주' 같다. 남자지만.

잠시 후 너구리가 말한 장소 근처에 도착했다. JR선 다마치 역과 가까운, 술집 거리의 구석 언저리였다.

"어이, 미사키, 일어나, 도착했어."

"……아, 네, 미안합니다."

나츠키가 말을 걸어 깨우자 미사키 젠이 눈을 떴다.

"선생님, 잠 못 주무셨어요? 혹시 어젯밤 이후로 잠도 안 자고 플롯 짜신 거 아니에요? 무리는 하지 말아주세요."

"아뇨, WOWOW에서 틀어주는 영화가 재밌어서 그만 늦게까지……."

"……그럴 땐 거짓말로라도 플롯 짰다고 말해주세요. 화내지 않을 테니까."

완전히 올빼미형인 미사키 젠이 늦게까지 자지 않았다면 대체 몇 시까지 잠들지 않았다는 말일까. 셔터를 내리고 완전히 태양광을 차단하고 있었다는 걸까, 정말 무리는 하지 않았으면 좋겠다. 인간이든 뱀파이어든 몸이 자산이다.

차에서 내려 남자가 안내한 곳은 작은 선술집이었다. 가게 이름은 '너구리'. 그대로 정곡을 찌르는 이름이다. 주변 선술집은 지금이 한창 손님이 몰리는 시간인 듯했지만, 이 가게 문에는 '사정이 있어서 당분간 11시부터 문을 엽니다.'라고 적힌 종이가 붙어 있었다.

남자는 열쇠를 꺼내서 문을 열고 아사히 일행을 안으로 들였다. 문에 붙은 종이는 떼어내고 대신 '임시휴업'이라는 팻말을 걸어놓았다.

카운터석이 여섯 개, 박스석 세 개가 전부인 아담한 가게였다. 카운터 안에는 일본주 병이 죽 늘어서 있고, 더 깊은 안쪽에는 주방이 보인다. 벽에는 메뉴판과 함께 사진이 잔뜩 붙어 있다. 전부 이 가게 안에서 찍은 사진이다. 취해서 새빨개진 얼굴을 한 회사원들이 만면에 미소를 머금고 술잔을 들고 있다.

"저는 이미 10년 넘게 여기서 가게를 하고 있습니다. 물론 이수계에도 등록했어요. 인간식 이름은 고구레 이치다로입니다."

남자—고구레는 그렇게 말하고 아사히 일행에게 카운터석에 앉으라고 손짓으로 권했다. 자신은 카운터 안으로 들어가서 정장 자켓을 벗고 기지개를 한 번 쭉 켜고 가볍게 몸을 떨었다.

그 순간, 갸름했던 고구레의 얼굴이 갑자기 동그래졌다. 뺨이나 턱 라인도, 눈이나 코의 형태도 눈앞에서 점점 변했고, 길었던 머리카락이 스르륵스르륵 짧아지더니 스포츠형에 가까워졌다. 넥타이와 벨트를 풀자 갑자기 배가 나와서 전체적으로 몸의 크기가 커지기 시작했다. 마치 영화의 특수효과 같은 변신에 아사히는 놀라서 눈이 커졌다.

변신은 30초도 걸리지 않고 끝났다. 이제 눈앞에 서 있는 사람은 양복보다는 고이구치 셔츠(鯉口シャツ. 소매가 잉어를 닮았다고 하여 붙은 이름으로 축제 때 많이 입는 일본 전통 스타일 셔츠)에 남색 앞치마가 어울릴 듯한, 처진 눈매의 작고 통통한 중년 남성이었다. 아사히는 무심결에 벽에 붙은 사진을 돌아봤다. 있다. 카운터 안에 서서 어지간히 사람 좋아 보이는 얼굴로 싱글벙글 웃는 모습이 여기저기 찍혀 있다.

고구레는 한숨을 쉬며 벽에 붙은 사진을 살짝 쳐다봤다.

"사진이라는 건 정말 좋죠. 즐거웠던 순간이 계속 남아 있으니까. 단골손님이 전에 폴라로이드 카메라를 줬어요. 늘 카운터 끝에 두고 손님들이 마음대로 찍을 수 있게 해놨죠. 찍은 사진은 저렇게 붙여놓습니다. 손님이라는 게 오며가며 바뀌니까, 어제까지 계속 왔던 손님이 갑자기 오지 않기도 하지만, 그래도 사진 안에는 그 손님의 웃는 얼굴이 남아 있어요. 좋은 일이죠, 정말로. 보세요, 구사카베 씨 사진은 저기 있어요. 저 사람, 우리 가게 단골이었어요. 회사가 이 근처라서."

고구레가 손가락으로 가리킨 사진에는 분명 방금 봤던 얼굴이 찍혀 있었다. 구사카베는 동료인 듯한 남자와 어깨동무를 한 채 웃고 있다.

"그러다가 반년 전쯤이었나, 구사카베 씨 혼자서 가게에 찾아왔어요. 그것도 가게 문을 열자마자. 평소에는 늘 저녁 7시 반이나 8시쯤에 회사 사람이랑 같이 오는데. 그날은 좀 이상하다고 생각했죠. 자세히 보니 행색도 좀 이상했습니다. 뭔가 기운이 없어 보였어요. 뭘 마시겠느냐고 물어보니 맥주라고 해서 내드렸는데 전혀 마실 기미도 없이 그저 유리잔을 바라보기만 하지 뭡니까. 이거 정말 점점 더 이상하다는 생각이 들어서 자세히 보니…… 알겠더라고요. 아, 이 사람 몸이 안 좋구나. 왜 우리 같은 사람은 그런 거에 예민하잖아요. 병원에 다녀오는 길인지 약 냄새도 나고, 꽤 상태가 안 좋구나 하고……. 아마도 의사에게 뭔가 나쁜 결과를 전달받았구나 싶었어요. 딱 보니 알겠더라고요."

인간 외의 존재는 대체로 감이 좋다. 다른 사람의 생각을 읽어내는 게 특기다.

그래서 고구레는 구사카베의 앞에 있는 술잔을 슬쩍 옆으로 치웠다. 그리고 이쪽이 몸에 더 좋을 거라고 말하며 따뜻한 물을 그 자리에 대신 놓았다.

그것만으로 구사카베는 고구레가 뭔가를 알아챘다는 사실을 눈치챈 모양이었다.

구사카베는 울음이 터지기 직전의 표정으로 웃으며 고구레에게 말했다. 오늘 의사에게 암 선고를 받았다고.

"구사카베 씨가 말했어요. '아마 이 가게에는 이제 오지 못할 거예요'라고. 구사카베 씨는 아직 젊었고, 자신이 암이라는 사실을 전혀 몰랐어요. 지금 당장 수술하면 살 수 있을지도 모르지만, 성공할 확률은 낮다……. 전 아무 말도 할 수 없었어요. 아무 말도 나오지 않아서 그저 주변의 접시랑 유리잔을 닦기만 했습니다. 그야나는 평범한 너구리 영감일 뿐이고, 암에 걸렸다는 사람을 살려낼 술수 따위 가지고 있지 않아요. 더러워진 접시를 닦아내듯이 이 사람에게서 암을 닦아내 주고 싶다고 생각했지만 그런 건 말도 안 되니까요."

그때 일을 떠올렸는지 고구레가 코를 훌쩍거렸다. 아사히 일행은 아무 말도 하지 않은 채 고구레의 이야기를 듣고 있었다.

"구사카베 씨가 무엇보다 마음에 걸리는 건 가족이라고 말했어요. 아들이 아직 어리다고……. '죽는다는 게 뭔지는 모르겠지만, 내가 죽고 난 후에 가족에게 구멍이 뻥 뚫리게 된다면 마음이 괴로울 것이다', '소라타는 내가 죽으면 어떻게 생각할까'라고 몇 번이나 말했어요. 내 손에는 이미 닦을 게 아무것도 남아 있지 않아서 카운터의 같은 자리만 닦고 있었습니다. 구사카베 씨가 가게에 온 건 그게 마지막이었어요."

그리고 바로 얼마 전에 구사카베의 동료들이 고구레의 가게를 찾아왔다.

그들은 전부 상복 차림이었다. 구사카베의 장례식에서 돌아오는 길이었다. 구사카베가 좋아하던 이 가게에서 그를 추모하며 한잔 마시기로 했던 모양이다.

그들의 대화에서 장례식장의 모습이 대충 그려졌다. 필사적으로 울음을 참으며 상주 역할을 하는 엄마 옆에서 아들 소라타는 어딘가 망연자실한 표정으로 울지도 않고 앉아 있었다고 한다. 마치 눈 앞의 현실을 따라가지 못하는 것 같았다고, 구사카베의 동료들도 매우 걱정하고 있었다.

"그래서 그런 건 아니지만, 너무 신경이 쓰였어요. 전에 구사카베 씨가 술을 마시며 자신의 집 근처 이야기를 했던 적이 있어서 집이 어디에 있는지는 대충 알고 있었습니다. 그래서 저는…… 다음날 저녁에 가봤어요. 구사카베 씨 집 근처에."

고구레는 그때는 딱히 구사카베 씨 모습으로 변신할 생각은 없었다고 말했다. 그때 들었던 내용은 집에서 가장 가까운 역의 이름과 집 근처에 있는 가게 이름 정도라서 솔직히 구사카베의 집까지 찾아갈 수 있으리라고는 생각하지 않았다고 한다.

하지만 그렇게 걷는 동안 고구레는 아까 그 공원 앞을 지나가게 됐다.

거기에 아이가 한 명 있었다.

고구레는 그게 소라타라는 걸 한눈에 알 수 있었다. 아빠와 쏙 빼닮은 얼굴이기도 했고, 전에 구사카베가 스마트폰으로 가족사진을 보여준 적이 있었기 때문이다.

소라타는 혼자서 멍하니 그네에 앉아 있었다. 이미 저녁이 다 된 시간이라 아이들은 각자의 집으로 돌아가고 있을 때였다. 소라타만 하염없이 그곳에 앉아 있었다. 그네를 타는 것도 아니고, 눈물을 흘리는 것도 아니고, 그저 하늘을 바라보면서.

"구사카베 씨가 했던 '가족에게 구멍이 뻥 뚫린다'라는 말의 의미를 소라타의 얼굴을 보니 잘 알겠더라고요. ······이 아이의 마음에는 지금 구멍이 뚫려 있구나, 하고."

고구레는 그런 소라타의 모습을 보는 동안 참을 수 없이 슬퍼져서 뭔가 해주고 싶은 마음이 들었지만, 할 수 있는 건 딱 한 가지밖에 없었다.

딱 하나의 특기로 고구레는 구사카베의 모습으로 변신했다.

"소라타의 반응에 따라서 바로 사라지거나 하려고 했어요. 조심스럽게 다가가서 말을 걸었더니······ 소라타가 돌아보며 놀란 표정을 짓고— 그리고 웃었어요. '아, 아빠'라고······. '아빠, 어서 와'라고 했어요."

그때 소라타의 어린 마음 안에서 눈앞의 현실이 어떻게 처리되었는지는 알 수 없다.

하지만 '어서 와'라는 말을 들으면 '다녀왔어'라고 대답할 수밖에 없다.

그리고 고구레는 잠시 소라타와 이야기를 나누었다. 그러는 사이에 점점 해가 지고 주변이 어두워졌고, 고구레는 소라타에게 집으로 돌아가라고 했다. 소라타가 같이 돌아가자고 했지만, 일이 남아서 회사로 돌아가야 한다고 했다. 소라타는 순순히 고개를 끄덕이고 혼자서 집으로 돌아갔다.

"그런데 소라타가 집으로 돌아가면서 '아빠 내일도 와줄 거야?'라고 묻더라고요. 그러면 고개를 끄덕일 수밖에 없잖아요. 나를 완전히 믿는 얼굴로 그렇게 물어보니 아니라고 말할 수가 없었습니다."

그때부터 고구레는 매일같이 그 공원을 찾아가게 됐다. 소라타의 엄마가 돌아오는 시간은 대체로 저녁 7시 정도라서 퇴근 시간 조금 전까지 공원에서 소라타와 놀아주었다고 한다. 주말은 소라타의 엄마가 일을 쉬기 때문에 그 근처에는 가지 않았다. 어린 소라타는 속일 수 있었지만, 그 어머니까지 속일 수는 없었고, 만약 속일 수 있다고 해도 그것대로 마음이 괴로워서 견딜 수 없을 것 같았기 때문이었다.

"……그렇군. 그래서 당신은 가게 여는 시간을 늦춰서 아버지 모습을 하고 소라타를 만나러 갔다는 얘기군."

카운터에 턱을 괴고 나츠키가 말했다. 살짝 고민하는 듯한 표정이었다.

아사히는 고구레가 했던 일은 적어도 결코 나쁜 일은 아니라고 생각했다. 죽은 아버지를 대신해서 만나러 가준 덕분에 뒤에 남은 아이가 상처받은 마음을 위로받았다. 범죄는커녕 아주 다정한 행동이다.

나츠키도 그렇게 생각하는 거겠지. 나츠키는 굳은 표정으로 머리를 마구 헝클어트렸다.

"그래도 말이지……. 당신 이미 목격되고 말았어. 이 근처 사람들이 저 집 남편이 귀신이 돼서 나타났다며 수군거리고 있다고."

"―그건 그렇고, 그래서 당신은 대체 언제까지 구사카베 씨 흉내를 낼 작정입니까?"

미사키 젠이 묻자 고구레가 어깨를 움찔했다. 미사키 젠은 카운터 안에 선 고구레를 올려다보며 말했다.

"어머니까지 속이는 건 마음이 괴롭다―방금 당신은 그렇게 말씀하셨죠. 바로 그거예요, 당신은 소라타를 '속이고 있다'는 사실을 자각하고 있습니다. 이미 괴로워하고 있죠? 대체 언제까지 소라타에게 거짓말을 계속할 생각입니까?"

"선생님, 그건……."

미사키 젠의 말이 너무 냉정한 것 같아서 아사히는 무심결에 말을 가로막고 싶어졌다. 하지만 그때 방금 공원에서 봤던 고구레의 모습이 떠올랐다. 소라타가 떠나자 구사카베의 모습을 했던 고구레는 깊은 한숨을 쉬었다. 마치 엄청난 죄책감에 짓눌린 사람처럼.

"……역시, 제가 하는 일은 나쁜 짓인 걸까요?"

고구레는 그때처럼 고개를 푹 숙이고 마치 누구에게 사과라도 하려는 듯이, 턱을 가슴 쪽으로 당겼다.

"저는 아이에게 너무 많은 거짓말을 했습니다. 거짓된 모습으로 아이를 만나고 거짓말을 늘어놓고……. 아빠는 살아 있어, 회사가 바빠서 집에 돌아오지 않는 것뿐이고 그래서 다음 일요일에 캐치볼은 할 수 없어……. 아이가 뭔가 말할 때마다 저는 거짓말로 대답할 수밖에 없었어요."

소라타를 위한 거짓말이다. 상냥한 거짓말이다.

하지만 계속됐던 거짓말은 고구레의 안에서 부풀고 고구레를 괴롭혔다. 거짓말은 어쨌든 거짓말이기 때문이다. 현실이 되지 않는다. 그리고 거짓은 언젠가 반드시 거품처럼 터지고 사라진다. 진짜는 아무것도 없다는 게 폭로돼버린다.

고구레도 영원히 계속할 수 없다는 건 예전부터 알고 있었다.

"떠나버린 사람을 대신하는 건, 사실은 아무도 할 수 없는 일입니다."

미사키 젠이 그렇게 말하고 벽에 붙은 사진을 돌아봤다.

사진 속에서 구사카베는 즐거운 듯이 웃고 있었다. 그 사진은 계속 남아 있겠지만 구사카베는 이제 이 세상에 없다. 아무리 꼭 닮은 모습으로 변신한다고 해도 진짜 구사카베는 아니다.

"이제 슬슬 그만둘 때가 됐다고 생각합니다. 게다가 죽은 남편이 귀신이 되어 나타난다는 소문이 언젠가 구사카베 씨의 부인 귀에도 들어갈지도 모른다는 사실을 생각해주세요. 구사카베 씨의 부인을 괴롭게 만드는 일이 됩니다."

"하지만 소라타는……."

"그 아이는 아마, 당신이 생각하고 있는 것보다 훨씬 현실을 이해하고 있을 거예요."

미사키 젠의 말에 고구레는 입을 다물고 잠시 동안 말이 없었다. 그리고 딱 한 번 고개를 끄덕였다.

다음 날 같은 시간, 아사히 일행은 다시 그 공원을 방문했다.

아사히 일행이 도착했을 때, 이미 문어 놀이기구 안에는 소라타와 고구레가 있었다. 마치 어제의 재현인 것처럼 아사히 일행은 문어 뒤쪽으로 돌아가서 두 사람의 대화에 귀를 기울였다.

"오늘은 있지, 체육 시간에 피구 했어! 내가 제일 마지막까지 남았어!"

"대단하네. 이겼니?"

"……아니, 마지막까지 남았는데 결국 공에 맞아서 졌어."

"그랬구나. 그건 아쉬웠겠네. 하지만 마지막까지 남은 건 정말 대단해. 소라타는 재빠르니까."

어제처럼 소라타는 그날 일어난 일을 고구레에게 들려주고 고구레는 소라타의 이야기를 듣고 상냥한 목소리로 대답해주고 있다.

이윽고 어제 고구레가 소라타를 돌려보냈던 시간이 찾아왔다.

"소라타, 이제 집에 갈 시간이야."

"응, 알았어."

어제처럼 소라타는 순순히 그렇게 대답했다.

"아빠, 내일도 회사 빠져나와서 와줄 거야?"

그런 소라타의 질문도 어제와 같았다. 하지만 어제와는 달리 고구레는 거기에 대답하지 않았다.

소라타가 걱정스러운 목소리로 말하는 게 들렸다.

"아빠, 왜 그래? 배 아파?"

"……저기, 소라타, 아빠가 지금부터 중요한 얘기를 할 거야. 그러니까 잘 들어."

고구레의 말에 소라타가 입을 다물었다.

고구레는 필사적으로 말을 고르며 소라타에게 천천히 말했다.

"아빠는…… 멀리 떠나게 됐어."

소라타는 묵묵히 고구레의 이야기를 듣고 있었다.

"그러니까 지금까지처럼 여기서 소라타랑 만날 수 없어. 소라타는…… 소라타는 이제 여기서 아빠가 오기를 기다리면 안 돼. 엄마가 말했던 것처럼 해가 지기 전에 꼭 돌아가야 해. 집에서 엄마가 기다리고 있잖아."

고구레는 몇 번인가 망설이듯 입을 다물었지만 그래도 열심히 다음 말을 찾아서 이야기를 계속했다. 그건 소라타와 아버지를 다시 한 번 헤어지게 하기 위한 말이었다. 이미 부모를 잃은 경험을 한 아이에게 다시 이별을 들이미는 행위였다. 정말로 잔혹한 짓일지도 모른다. 소라타를 상처 입힐지도 모른다.

그래도 고구레는 소라타를 향해 계속 말을 이었다.

"엄마가 돌아오면…… 현관까지 마중 나가서 '오셨어요' 하고 인사하렴. 아빠한테 얘기하듯이 엄마한테도 오늘 있었던 일을 얘기해주는 거야. 그리고…… 엄마는 피곤할지도 모르니까 최대한 도와주도록 해. 너는 네가 생각하는 것보다 훨씬 센스가 좋으니까…… 엄마랑 둘이서 살아도, 소라타가 엄마를 도와줄 수 있을 거야."

여기서 다시 침묵이 찾아왔다.

고구레는 이제 더 이상 할 말을 못 찾겠다는 듯이 입을 다물었다. 어쩌면 울고 있는지도 모른다. 울고 있어서 이 이상 말하지 못하는 것일지도 모른다. 놀이기구 밖에 있는 아사히 일행은 알 수 없었지만 고구레 바로 눈앞에 있는 소라타는 고구레가 지금 어떤 표정을 짓고 있는지 보일 것이다.

길고 긴 침묵을 깬 사람은 소라타였다.

"……아빠, 멀리 가버리면 다음엔 언제 돌아올 거야?"

작은 목소리로 그렇게 물었다.

"돌아올 거지? 꼭 다시 돌아올 거지?"

"그건…… 몰라."

그렇게 대답하는 고구레의 목소리는 심하게 떨리고 있었다. 역시 울고 있었던 것이다.

소라타가 다시 물었다.

"아빠…… 어쩔 수 없는 일이야?"

어제 소라타가 떠날 때 했던 말이었다. 고구레가 사과한 순간 소라타는 어딘가 필사적인 말투로 아빠는 나쁜 게 아니야, 어쩔 수 없는 일이야, 라고 몇 번이나 반복했다.

혹시 그 말은 구사카베가 살아 있을 때 그나 그의 아내가 했던 말일지도 모른다. 아사히는 소라타와 고구레의 대화를 놀이기구 밖에서 들으며 그렇게 생각했다. 아빠가 병에 걸려서 죽었다는 믿기 어려운 부조리를 그런 말로 어떻게든 정리하려고 했는지도 모른다. '어쩔 수 없다.' 아마도 그렇게 말하는 것 외에 다른 말이 떠오르지 않았으리라.

"그래……. 어쩔 수 없는 일이야. 미안해, 아빠도 어쩔 수가 없어."

고구레가 말했다.

"하지만 멀리 떠나도 아빠는 계속 소라타랑 엄마를 생각할 거고, 계속 소라타와 엄마를 제일 좋아할 거야. 그건 믿어주면 좋겠어."

소라타는 잠시 생각하는 듯하더니, 다시 입을 다물었다가 말했다.

"알았어."

소라타는 거리낌 없는 목소리로 말했다.

"아빠가 전에도 같은 말을 했으니까, 그러니까 믿어."

고구레가 숨을 삼키는 소리가 들렸다. 소라타가 말했다.

"다시 만나러 와줘서 고마워. 진짜 기뻤어. ……나, 이제 돌아갈게."

소라타가 놀이기구 밖으로 나갔다.

아사히는 무심결에 놀이기구 뒤에서 얼굴을 내밀고 소라타의 상태를 살폈다.

소라타는 돌아보지 않았다. 엉덩이에 묻은 모래를 손으로 가볍게 털고 획 내달렸다. 그대로 한 번도 돌아보지 않고 공원을 떠났다.

고구레는 잠시 동안 놀이기구 안에서 나오지 않았다.

꽤 시간이 지난 후에 바스락바스락 동굴 안을 기는 소리가 들리고 고구레가 나왔다. 이미 구사카베의 모습은 사라지고 없었다. 고구레 본래의, 선술집 노인의 모습이었다.

"……감사했습니다."

눈이 새빨개진 고구레는 아사히 일행을 향해 고개를 깊숙이 숙였다. 그리고 미사키 젠을 올려다보며 말했다.

"당신이 말한 대로였습니다. 소라타는…… 아마도 제가 생각하는 것보다 훨씬 더 진실을 많이 알고 있었다고 생각합니다."

"네, 현명한 아이예요. 분명 괜찮을 겁니다, 이제."

미사키 젠은 소라타가 사라져간 곳을 바라보며 그렇게 말했다.

소라타의 모습은 이미 보이지 않았다.

하지만 이제 소라타가 이 공원에서 멍하니 누군가를 기다리지는 않을 것 같았다. 고구레가 한 일은 소라타에게 아버지를 두 번 잃게 하는 일이었지만, 그렇게 함으로써 소라타가 앞으로 나아갈 수 있게 등을 밀어준 것이라고 믿고 싶었다.

"자, 그럼 우리도 돌아갈까."

나츠키가 말했다.

"고구레 씨도 데려다줄 테니까 차에 타요. 내일은 원래 시간에 가게 문 열 거죠?"

"네, 다른 단골손님이 왜 더 빨리 문을 열지 않느냐고 뭐라고 해서요. 개점 시간을 평소대로 돌릴 예정입니다."

"그렇군. 그럼 조만간 나도 마시러 가도 될까요? 사적으로."

"그야 당연하죠. 하지만 사적으로 오신다면 이수계 분이라고 특별히 대접해드리진 않을 겁니다. 다른 손님이랑 똑같이 대할 거예요."

"특별대접 같은 거 필요 없어요. 아, 근데 가능하면 꼬치 소스는 좀 많이 발라줬으면 하는데. 나 그 소스 좋아해요, 좀 달달하니."

나츠키와 고구레가 이야기하며 차를 향해 걸었다. 이미 일은 잊어버리고 친근해진 나츠키의 말투에 고구레는 미소를 지었다. 아사히는 그 모습을 보며 이수계 형사가 나츠키라서 정말 다행이라고 생각했다. 이런 식으로 마무리되는 사건만 있는 건 아니지만, 그래도 상대가 사람이든 사람이 아니든 나츠키의 태도는 기본적으로 다르지 않다.

다르지 않다고 말하고 보니— 정말로 인간이나 인간 외의 존재도 서로 다르지 않다고 이번 기회에 새삼 느꼈다.

지금까지 아사히는 몇 명이나 되는 인간 외의 존재를 만났다. 분명 다들 인간과는 다른 생명체겠지만, 인간과 아무것도 다르지 않은 상냥한 마음을 갖고 있다.

"무슨 일 있나요, 세나 씨?"

아사히기 고구레 쪽을 보며 무심결에 미소를 짓고 있는 걸 본 모양이다. 미사키 젠이 의아한 표정으로 아사히를 내려다보고 있었다.

"아, 아뇨. 아무것도 아니에요. 그…… 인간 외의 존재 중에는 좋은 사람이 많구나 싶어서요."

"사람이 아닌 것에 대고 '좋은 사람'이라는 표현은 좀 이상한 것 같지만, 그래도 세나 씨는 그렇게 생각하는군요."

"그야 다카라 씨도 그렇고, 선생님도 그렇고, 고구레 씨도 그렇고 다들 좋은 사람들이잖아요. 오히려 그 주변 인간보다 다정할지도 몰라요."

"고구레 씨는 그렇죠. 나쁜 짓을 못 하는 타입입니다. —하지만 인간이 아닌 자들이 모두 고구레 씨 같다고는 생각하지 않는 편이 좋을 겁니다."

"네?"

그 말에 아사히는 무심코 발걸음을 멈추고 미사키 젠을 올려다 봤다.

미사키 젠도 아사히를 따라 발걸음을 멈추고 입술만으로 살짝 웃어 보였다.

"왜 이수계가 있다고 생각하세요? 기본적으로 인간이 아닌 자들 이란 아주 먼 옛날부터 인간에게 정체를 들키지 않으려고 다양한 특수능력을 몸에 익히거나 혹은 교활함을 갈고 닦으며 목숨을 부 지해왔어요. 그들이 어떻게 살고 있는지에 따라 다르겠지만, 별로 믿지 않는 편이 좋을 겁니다. 인간 외의 존재도 좋은 사람이 있는 반면, 나쁜 사람도 있어요. ……맞아요, 인간처럼."

미사키 젠은 아사히의 생각과는 어떤 의미에서 정반대 이유로 인간 외의 존재가 인간과 같다고 말했다.

분명 그렇겠지. 어떤 사건도 일어나지 않았다면 지금 같은 형태 의 이수계는 필요 없다. 미사키 젠이 경찰에게 호위무사처럼 취급 당하는 까닭은 인간 외의 존재가 인간을 해하는 경우가 있기 때문 이다.

"저도 딱히 당신 생각만큼 상냥하지 않습니다. 잊으셨나요? 제 가 어떤 생명체인지. 사람을 덮치고 살아 있는 사람의 피를 마시며 살아가는― 뱀파이어라는 존재입니다."

미사키 젠이 입술 끄트머리에서 날카로운 송곳니를 살짝 보이며 말했다.

아사히는 미사키 젠을 올려다보며 살며시 고개를 끄덕였다.

"……알았어요. 조심할게요."

"그래요. 순순히 대답해주시니 마음이 놓입니다."

"하지만 미사키 선생님 이야기는 새삼스럽네요."

"무슨 뜻이죠?"

"미사키 선생님이 어떤 사람인지 알고 있으니까요."

아직 알고 지낸 지 얼마 안 됐지만, 이 부분은 아사히 나름대로 가슴을 펴고 말할 수 있다.

줄곧 미사키 젠이 쓴 이야기를 읽어왔다. 이야기에는 아무리 숨기려 해도 작가의 속내가 드러나기 마련이다. 그리고 아사히는 실제로 미사키 젠과 만나보고 자신이 느낀 것이 결코 틀리지 않았다는 사실을 안았다.

이 사람은 엄청 상냥한 사람이다. 영화나 소설이나 만화에서 뱀파이어가 얼마나 무섭게 그려지든 간에 미사키 젠은 다르다.

인간을 덮치지 않고 평소에 경찰에게 지급받는 수혈용 혈액팩으로 살아가는 뱀파이어가 이제 와서 협박한다고 한들 이미 늦었다고 생각한다. 웬만한 비상사태가 아닌 한, 미사키 젠이 누군가의 목덜미를 물어서 피를 빨아먹는 일은 있을 수 없다.

미사키 젠이 한숨을 쉬었다.

"……정말이지. 세나 씨는 축복받은 머리를 가지고 있네요."

"아하하, 죄송해요. 자주 듣는 말이에요."

아사히는 위에서 보내는 어이없다는 시선을 일단 웃으며 넘겨버리고 그렇게 대답했다. 하지만 아사히는 정말로 그렇게 생각한다.

그 증거로 그렇게 미사키 젠을 두려워하던 고구레도 지금은 그런 모습이 전혀 없다.

"미사키 씨도 꼭 저희 가게에 들러주세요! 미사키 씨의 입에 맞는 걸 내드리지 못할지도 모르지만."

"아, 미사키는 의외로 평범하게 어묵 같은 거 먹으니까 괜찮아요. 맞아, 아사히 짱도 같이 가자. 술 괜찮아?"

먼저 차가 있는 곳에 도착한 고구레와 나츠키가 돌아보며 말했다. 미사키 젠이 못 말리겠다는 표정으로 다시 차 쪽으로 걷기 시작했다.

"시끄럽네요. 될 수 있으면 맨션에 도착할 때까지 눈 좀 붙이고 싶은데."

"선생님, 그러고 보니 오늘도 평소보다 일찍 일어나셨죠? 역시 졸리세요?"

"……실은 또 재밌는 영화를 방영해주는 바람에."

"……아니, 뭐 괜찮아요. 저도 집에 늦게 들어갔는데 새로 산 영화 블루레이를 보고 싶어서 밤샌 적도 있는걸요. 만약 그걸로 뭔가 플롯이나 소재라도 떠올랐다면 저로서는 매우 기쁘겠지만요!"

아사히의 말에 미사키 젠이 딴 곳으로 얼굴을 돌렸다. 아사히는 '그렇습니까. 단순히 취미로 본 것뿐인가요. 저는 슬픕니다'라고 입 밖으로 꺼내지 않고 시선으로만 전달했다. 다른 사람의 생각을 읽는 게 특기인 미사키 젠에게는 분명 전달됐을 것이다. 미사키 젠이 고개를 더 돌린 걸 보니 분명하다.

그때 고구레가 조심스럽게 말을 꺼냈다.

"저기…… 계속 신경 쓰였는데, 세나 씨는 대체 정체가 뭔가요?"

"아, 저는 경찰 쪽 사람이 아니라 그냥 덤이니까 신경 쓰지 않으셔도 돼요!"

아사히는 황급히 대답했다. 확실히 누가 봐도 평범한 인간인 아사히가 매번 동행하는 건 고구레가 보기에 무척 기묘하게 느껴졌으리라.

그때 미사키 젠이 말했다.

"그녀는 제 보디가드입니다. 저한테 무슨 일이 생기면 가만히 있지 않을 거예요."

"보디가드요?"

갑자기 고구레가 아사히를 보는 눈이 달라졌다. 헉 하고 아사히는 속으로 비명을 질렀다.

미사키 젠을 올려다보니 웃음을 꾹 참는 듯한 표정을 짓고 있었다. 어쩌려는 거야, 고구레가 완전히 믿어버리고 말았잖아. 아니, 아사히가 보디가드를 자처한 건 거짓말이 아니지만, 고구레의 표정을 보면 분명 이상한 쪽으로 오해하고 있다. 그 증거로 아사히를 보는 시선에 경외감이 섞이기 시작했다.

"그렇습니까……. 이수계에 뱀파이어가 협력하고 있다는 소문은 전부터 들었지만, 그 뱀파이어에게 인간 보디가드가 있는 줄은 몰랐습니다……. 대, 대체 그녀는 어떤 특수능력이 있죠?"

"필살기는 마감 설정과 원고 독촉, 궁극의 기술은 눈물을 머금은 채 올려다보기예요."

"……서, 선생님, 그만하세요."

고구레의 얼굴에 커다란 물음표가 떠올랐다. 부탁이니까 더 이상 오해를 불러일으키는 말은 그만뒀으면 좋겠다. 아니, 그보다 궁극의 기술이라니 대체 뭔 소리야.

"아, 분명 아사히 쨩이 45도 각도로 눈물을 머금은 채 올려다보는 공격은 일격필살 수준이지. 그건 진짜 훅 온다니까."

"나츠키 씨까지 이야기에 끼지 말아주세요……. 두 분이 키가 크니까 올려다보는 건 당연하잖아요! 아니, 것보다 온다니, 뭐가 온다는 거예요?"

"뭔가, 뭔가 엄청난 거. 그렇지, 미사키."

"필살기는 반드시 죽인다는 뜻이죠, 심지어 궁극이니까 정말 엄청난 게 오죠. 그런 기술을 자각하지 못한 상태에서 사용하다니 무서운 사람이네요."

"아니, 그러니까 두 분 다 진지한 얼굴로 서로 고개 끄덕이지 마시라고요! 고구레 씨가 완전 혼란스러워하고 있잖아요!"

그러고 보니 고구레에게 미사키 젠이 작가이기도 하다는 사실을 얘기하지 않았던 것 같다. 오해를 풀려면 우선 그 얘기부터 해야 한다.

아사히는 서둘러 가방에서 명함을 꺼내려고 했지만 그 순간 고구레가 깜짝 놀라며 전투태세를 취했다. 뭔가 무기를 꺼내는 줄 알고 오해한 모양이다. 아니, 그게 아니라 자신은 그저 편집자일 뿐인데.

아사히는 해칠 의도가 없다는 걸 알리기 위해 한 손을 들어서 펼친 채로 다른 한쪽 손으로 신중하게 명함을 꺼내 고구레를 향해 말했다.

 "자기소개가 늦어서 정말 대단히 실례했습니다. 기오사의 세나
라고 합니다. 미사키 젠 선생님의 담당 편집자예요!"

제2장 미녀의 목이 빠진 사건

—— 아리엘이 부럽다고,
그녀는 말했다

"그러고 보니, 아사히 짱, 어제 이케부쿠로에 있었어?"

아사히가 직장 선배 다카야마 후미카에게 이런 질문을 받은 건 고구레의 사건이 있고 일주일 정도 후의 일이었다.

담당 작가와 미팅을 마치고 이제 막 자리로 돌아온 아사히는 깜짝 놀라서 옆자리의 다카야마를 돌아봤다.

"네? 저 최근에는 이케부쿠로에 간 적 없는데요. 왜 그러세요?"

"그렇구나. 그럼 잘못 봤나 봐."

다카야마가 고개를 갸웃하며 말했다.

"아니, 어젯밤 친구랑 이케부쿠로에서 한잔했는데. 히가시구치 개찰구를 나와 바로 근처에서 아사히 짱이랑 완전 닮은 사람을 발견했거든. 나도 모르게 '어, 아사히 짱?' 하고 말을 걸었거든. 그 사람도 분명 날 돌아본 것 같은데 그대로 지나쳐 가버려서 혹시 사람을 잘못 본 건가 해서."

"잘못 본 거 맞아요. 죄송해요, 너무 흔한 얼굴이라."

아사히는 쓴웃음을 지으며 말했다.

하지만 다카야마는 더욱 고개를 갸웃거렸다.

"근데 진짜 닮았다니까. 아사히 짱 사실은 쌍둥이인 거 아니야?"

"오빠는 한 명 있는데 쌍둥이 언니도 동생도 없어요. 뭐, 이 세상에는 같은 얼굴인 사람이 세 명 있다고 하잖아요. 그중 한 명이었던 거 아니에요?"

매우 표준형 얼굴에 가까운 아사히의 경우, 같은 얼굴을 한 사람이 두 사람만 있지는 않을 것이다. 한번쯤 닮은 사람을 전부 모아서 줄 세우고 싶어진다. 실제로는 분위기가 닮은 것뿐이고 이목구비 자체는 그렇게까지 닮지 않았다고 믿고 싶다.

그건 그렇고 요즘 닮은 사람을 봤다는 얘기를 자꾸 듣는 것 같다는 생각이 들었을 때였다.

"어이, 세나, 지금 괜찮아?"

편집장 오하시 노부히로가 사무실 출입구 문 앞에서 아사히에게 손짓으로 오라고 신호를 보냈다.

아사히는 얼른 자리에서 일어나며 말했다.

"네, 왜 그러세요?"

"미안, 잠깐 회의 좀 하자고. 아래층 회의실에서."

오사히가 말했다. 그것만으로도 아사히는 어떤 회의인지 알 수 있었다.

편집부 내에서는 말할 수 없는 내용일 것이다. ―미사키 젠에 대한 이야기다.

편집부 한층 아래에 있는 회의실. 아사히가 미사키 젠의 담당으로 지명된 곳도 이 방이었다. 오하시는 테이블을 가운데 끼고 아사히 맞은편에 앉아서 수염이 지저분하게 난 얼굴로 체셔 고양이처럼 미소를 지었다.

"그래서, 어때? 미사키 젠 선생의 상태는."

"아, 네, 지난번에는 죽은 사람이 되살아난 것으로 오해됐던 사건에 동원됐어요."

"……하하하, 여전하네."

"아, 근데 정체는 좀비가 아니라, 엄청 다정한 너구리여서 괜찮

있어요."

아사히는 옆에서 들으면 엄청난 이야기처럼 들릴지도 모른다고 생각하면서 말했다.

"그럼 이수계 관련 일은 제쳐두고, 원고 쪽은?"

"……그쪽은 플롯 단계에서 스톱이에요."

"……그렇군."

오하시가 쳐서 고양이 같은 웃음을 거두고 깊은 한숨을 쉬었다. 아사히는 몸 둘 바를 모르겠는 기분으로 아래를 내려다봤다.

"여러 번 미사키 선생님이랑 시간을 내서 주제를 정하기 위한 미팅을 해봤는데, 역시 미사키 선생님 자신이 지금 쓰고 싶은 게 없는 듯해서……."

"뭐, 그래, 내가 담당했을 때도 마지막 2년은 결국 단편 두 개 겨우 써준 느낌이었으니까……." 오하시가 의자 등받이에 온몸을 기대듯이 앉아서 천장을 올려다봤다.

오하시는 미사키 젠을 데뷔 때부터 담당했다. 아사히에게 인계할 때까지 약 8년 동안 미사키 젠의 집필 활동을 떠받쳐왔다. 그러니까 당연히 미사키 젠의 사정은 전부 알고 있다. 그가 이수계에 협력하고 있다는 것도, 소설을 쓰는 이유도, 그리고 전처럼 쓰지 못하는 이유도.

"……어떡하면 좋을까요."

아사히는 그렇게 말하고 나서 자기 자신의 목소리에 섞인 약한 기색을 깨닫고 놀랐다. 상담할 수 있는 사람은 오하시뿐이었다. 미사키 젠과 관련된 모든 일은 편집부 내에서도 극비사항이다. 다른 작가라면 다카야마나 다른 선배 편집자에게 상담할 수 있지만, 미사키 젠에 대해서는 그렇게 할 수 없다.

몸을 뒤로 젖히듯이 천장을 바라보고 있던 오하시가 몸을 바로 하고 아사히를 봤다.

아사히는 오하시의 시선에 졌다는 듯이 눈을 내리깔고 말했다.

"죄송해요. 더 이상 제가 어떻게 해야 할지 모르겠어요. 미사키 선생님에게 신작 장편을 쓰게 하려면 저는 어떻게 하면 좋을까요."

미사키 젠의 집으로 쳐들어가서 결국 영화 이야기만 하다가 돌아왔던 자신이 너무 한심해서 견딜 수 없었다. 편집자로서 자신의 역량이 압도적으로 부족하다는 사실을 깨달았다. 작가의 영감을 이끌어낼 수 있는 이야기를 했다면 더 좋았을 텐데. 동기를 끌어올릴 만한 말을 했다면 좋았을 텐데. 그런 생각이 드는 한편, 다른 불안감도 머리를 들었다.

"아니면…… 미사키 선생님은 정말로 더 이상 원고를 쓸 생각이 없는 거 아닐까요."

그것이야말로 아사히가 가장 두려워하는 일이다.

이대로 미사키 젠이 붓을 꺾어버리는 것. 이제 두 번 다시 그의 소설을 읽을 수 없다는 사실도 무섭지만, 그 이상 무서운 이유는 절필이 미사키 젠에게 있어서 운명의 연인과의 재회를 완전히 포기해버리는 일이기 때문이다.

그리고 절필은 그에게 있어서 — 살아가는 의미가 없어지는 일이기도 하다.

미사키 젠은 연인과 다시 만나기 위해 인간이기를 포기하고 뱀파이어가 됐다. 하지만 두 번 다시 연인과 만날 수 없다면 인간이기를 그만둔 의미 자체가 없어진다. 앞으로 삶을 지속할 이유가 없어지는 것이다. 실제로 얼마 전에 미사키 젠은 한 번 죽음을 선택하려고 했다. 이제 그런 일은 사양하고 싶지만 미사키 젠 안에서 그때의 절망이 지금도 여전히 둥지를 틀고 있는 듯한 기분이 든다.

그는 지금 위험하다.

언제 또다시 같은 절망에 잡아먹힐지 알 수 없다.

운명의 연인을 향한 사랑만이 그 사람을 이 세계에 붙잡아둘 수 있다면 아사히로서는 어떻게 할 수 없는 영역의 이야기다.

"……솔직히 그런 건 난 몰라. 하지만 나는 그 사람이 뼛속까지 작가라고 생각해."

오하시가 말했다.

"『론도』에 쓴 게 시실이라면, 그 사람은 원래 시인인 거잖아. 그런 사람이야. 아예 영혼이 그런 식으로 이루어져 있다니까. 그리고, 작가는 업보가 많은 존재야."

"업보가 많다고요……?"

"그래, 마음이 동하면 안 쓰고는 못 배기지."

오하시의 말에 아사히는 눈을 크게 떴다.

오하시가 손을 셔츠의 앞주머니로 뻗어 뼈가 앙상한 손가락으로 주머니에 들어 있는 담배 상자의 테두리를 쓰다듬었다. 담배를 피우고 싶은 듯했지만, 회의실은 금연이다. 오하시는 한 번 바스락거리는 소리를 내며 주머니 위에서 담배 상자를 가볍게 쥐었다가, 계속 말을 이었다.

"마음이 동해야 한다고 했지만, 뭐 이런저런 사정이 있지. 그 사람의 작품은 그가 뭔가를 사랑스럽게 여김으로써 완성돼. 딱히 연애감정이 아니어도 괜찮아. 좀 더 넓은 의미의 사랑스러움이라도 좋아. 주변의 꽃이 아름답다든가, 지나치며 본 아기의 미소가 귀엽다든가, 올려다본 하늘이 깜짝 놀랄 정도로 아름답다고 느끼는 정도면 돼. 뭔가를 좋아하거나 편안하다고 느끼거나 멋지다고 생각하는 것도 넓게 말하자면 사랑스러움이야. 아무리 절망적이어도 이 세계의 뭔가를 사랑스럽다고 생각한다면 그 사람은 아직 작품을 쓸 수 있다고 나는 생각해."

"사랑스러움……이오?"

아사히는 오하시의 말을 아직 완전히 이해하지 못했지만, 그래도 미사키 젠과 사랑이라는 단어가 아주 잘 어울린다고 생각했다.

그의 소설은 늘 무언가를 향한 사랑의 이야기다. 혹은 애정의 이야기다. 무엇보다 사람들 사이에서는 환상연애소설이라고 불릴 정도인 것이다.

"뭐, 그래서 나도 사요 씨도 미사키 젠의 새로운 담당으로 세나를 추천한 거지."

"……네?"

갑자기 이야기가 엉뚱한 쪽으로 흘러서 아사히는 자기도 모르게 이상한 목소리를 냈다. 이건 무슨 소리지 싶었다. 뭔가 지금 절대 흘려 들어선 안 될 말을 들은 기분이 든다.

하지만 오하시는 한 손을 흔들며 말했다.

"아, 미안, 이상한 뜻이 아니라, 뭐라고 해야 하지. 세나의 캐릭터에 관한 얘기인데."

"캐, 캐릭터라니, 캐릭터가 어떻다는 얘기죠? 느긋한 캐릭터라는 말인가요?"

"그렇네, 그런 말에 가까울지도?"

"가까워요?"

뭐가 뭔지 잘 모르겠다. 대체 무슨 말이지.

"그러니까, 그, 뭐라고 해야 하지……. 저기 있는 거, 사요 씨인가? 왠지 그런 느낌인데?"

갑자기 오하시가 시선을 옆으로 돌렸다.

당황한 아사히가 그쪽을 바라보니, 회의실 책상 끝에 작고 하얀 손이 보였다.

아사히의 시선을 눈치챘는지 그 손이 책상 아래로 획 숨었다. 책상 끝에는 이느세 사탕이 하나 놓여 있었다.

그대로 잠깐 바라보고 있으려니 책상 아래에서 슬그머니 단발머리가 올라왔다. 오하시와 아사히가 자신을 주시하고 있는 게 신경쓰였는지 그대로 일어섰다. 크림색 블라우스에 빨간 스커트, 초등학교 저학년쯤 돼 보이는 귀여운 여자아이. 사요 씨다.

"……들켜버렸다."

겸연쩍은 듯이 사요 씨가 중얼거리자, 오하시가 늘 그랬던 것처럼 체셔 고양이 같은 미소를 지으며 말했다.

"그야 뭐, 나는 사요 씨와 알고 지낸 지 오래됐으니까."

"그럼 노부히로는 이걸 줄게. 담배는 빨리 끊어."

사요 씨는 치마 주머니에서 막대사탕을 하나 꺼내더니 오하시에게 내밀었다. 오하시는 쓴웃음을 지으며 그걸 받았다.

사요 씨는 자시키와라시다. 여기 기오사의 사옥에 붙어 사는데, 미사키 젠이 기오사에서 책을 내게 된 것도 그녀와의 인연 덕분이라고 했다.

"아사히."

"아, 네!"

사요 씨가 이름을 부르자 아사히는 의자에서 튀어 오를 뻔했다. 무엇보다 사요 씨는 미사키 젠조차 인정하는 존재다. 말을 걸어줘서 왠지 황송한 기분이었다.

"이건 아사히 거."

사요 씨가 아사히에게도 사탕을 하나 줬다. 딸기맛 밀크 사탕이었다.

"아사히라면 분명 괜찮을 거야. 되도록 젠 옆에 있어줘."

사요 씨는 검고 커다란 눈동자로 아사히를 올려다보며 그렇게 말했다.

아사히는 조금 당황한 표정으로 손바닥 위에 놓인 사탕과 사요 씨를 번갈아 봤다. '아마도'가 붙긴 했지만 사요 씨가 자신을 보고 괜찮다고 말해줘서 기뻤다. 하지만 아사히 따위가 미사키 젠 옆에 있어서 대체 뭐가 괜찮다는 걸까.

아사히가 당혹스러워하는 걸 눈치챘는지 사요 씨가 눈을 가늘게 뜨며 상냥하게 웃었다. 뭔가 이야기하려는 듯 작은 입을 열고, 문득 표정을 바꾸더니 아사히가 책상에 올려놓은 스마트폰에 눈길을 줬다.

"아사히."

"네."

"전화."

"네?"

사요 씨가 말한 직후에 진동으로 해놓은 스마트폰이 떨리기 시작했다. 사요 씨가 계속 진동하는 스마트폰에 눈길을 거두지 않은 채로 말했다.

"젠 말고 다른 아이도 중요해. 부탁할게."

"응? 저기, 사요 씨……."

사요 씨가 할 말은 다 했다는 표정으로 문 쪽으로 걷기 시작했다. 방에 들어올 때는 어떻게 들어왔는지 모르겠지만 나갈 때는 문으로 가는 건가? 아사히는 그대로 태연하게 문을 열고 밖으로 나가는 사요 씨를 멍하니 지켜봤다.

"세나, 우선 전화부터 받지?"

오하시의 말에 정신이 든 아사히는 서둘러 스마트폰을 손에 들었다.

액정에 표시된 이름은 '가도와키 히사시 선생님'이었다. 아사히가 담당하는 작가 중 하나다.

"기다리게 해서 죄송해요. 세나입니다, 가도와키 선생님. 신세가 많습니다."

[아, 세나 씨……. 저기, 지금 잠깐 통화 가능합니까?]

"괜찮아요. 무슨 일이세요?"

무슨 일이지. 가도와키 히사시는 지금 기존 시리즈의 속편을 집필 중일 텐데. 마감은 다음 달인데, 마감 때문인가.

아사히는 전화 너머에서 가도와키가 하는 말에 귀를 기울였다. 그리고—

"네? 뭐라고요? 무슨 소리예요, 그게?"

아사히가 소리치자, 사요 씨에게 받은 막대사탕을 입에 물고 있던 오하시가 깜짝 놀란 표정으로 돌아봤다.

"자, 잠깐만요. 진정하세요, 가도와키 선생님! 저기, 죄송하지만 한번 만나서 얘기하시죠! 네…… 아, 네…… 네, 그럼 나중에 다시 연락드릴 테니 꼭 미팅해주세요!"

오하시가 전화를 끊은 아사히에게 물었다.

"뭐야, 무슨 일이야, 세나. 가도와키 선생한테 무슨 일 있어?"

"가, 가도와키 선생님이……."

아사히는 스마트폰을 내리고 오하시를 돌아봤다.

"원고, 못 쓰시겠다고 해서요……. 완전히 슬럼프라고."

"뭐?"

"본인도 왠지 굉장히 혼란스러운 모양이에요……. 어쨌든 내일 만나서 얘기하고 올게요."

사요 씨 말대로였다.

담당 작가는 미사키 젠뿐만이 아니고, 물론 모든 작가가 소중하다. 무슨 일이 있다면 아사히가 할 수 있는 최대한의 일을 해야 한다.

다음날 저녁, 아사히는 가도와키 히사시와의 미팅을 위해 요코하마로 향했다.

가도와키 히사시는 2년 전 기오사에서 신인상을 수상하면서 데 뷔한 작가다. 요코하마의 대학교에 다니는 대학원생으로 올해부터 아사히가 담당하고 있다. 청춘물이 특기인 작가로, 쓰는 속도도 빠 르고 안정적이라는 인상을 갖고 있었는데— 대체 무슨 일이 있었 던 걸까.

"가도와키 선생님!"

가도와키 히사시는 약속 장소인 요코하마 개찰구에 먼저 와 있 었다. 진지해 보이는 검은 테 안경을 쓴 선이 가느다란 청년이었다. 점퍼 주머니에 양손을 찔러 넣고 개찰구 앞 기둥에 기대서서 멍하 니 눈앞을 지나가는 사람들을 바라보고 있었다.

"가도와키 선생님, 고생 많으시죠."

가도와키 히사시는 아사히가 눈앞까지 와서 손을 흔들자 그제야 겨우 알아봤다.

"······고생 많으십니다."

가도와키 히사시는 나직한 목소리로 그렇게 말하고 고개를 살짝 숙였다.

계속 선 채로 이야기할 수는 없어서 우선 역 근처 지하상가에 있 는 카페로 들어갔다. 마주 앉아 음료를 주문하고, 아사히는 새삼 가 도와키 히사시를 정면으로 바라봤다.

"대체 어떻게 되신 거예요? 어제 전화로 '슬럼프에 빠졌다'고 말 씀하셨는데······."

가도와키 히사시는 테이블에 놓인 메뉴판만 쳐다보며 아무 말도 하지 않았다. 가도와키 히사시는 평소 표정이 거의 없는 사람이고, 언뜻 보기엔 기분 나빠서 뚱한 건가 하고 오해할 수도 있지만, 실제로 이야기해보면 소박하고 온화한 사람이다. 집필 중에 고민이 있으면 꼭 같이 의논하고, 어느 정도 마음을 열면 말수도 표현도 늘어난다. 그러니 지금 입을 다물고 있는 것도 딱히 기분이 나빠서 그런 건 아닐 것이다. 아사히가 만나서 이야기하자고 하자 순순히 응해준 걸 생각하면 아마도 어떻게 말을 꺼내야 할지 몰라서 입을 다물고 있는 것이다.

아사히는 가도와키 히사시가 어제 전화로 말했던 내용을 되새겨봤다.

그때 가도와키 히사시는 '정말로 전혀 쓸 수가 없어요. 완전히 슬럼프예요'라고 말했다. 하지만 그 전에 조금 신경 쓰이는 말을 한 듯한 기분이 든다.

그래 분명― '원고가 손에 잡히지 않는다'라고 말했다.

"가도와키 선생님."

아사히가 말했다.

"어제 전화로 원고가 손에 잡히지 않는다고 말씀하셨죠. 그 말씀은 제가 듣기엔 단순히 쓸 수 없는 게 아니라, 뭔가 다른 사정 때문에 정신이 팔려서 쓸 수 없다는 뜻으로 들렸어요."

가도와키의 표정이 살짝 움찔했다. 내가 정곡을 찔렀나. 아사히는 생각했다.

아사히는 테이블 쪽으로 몸을 살짝 내밀었다.

"저라도 괜찮다면 무슨 일이 있었는지 얘기해주실 수 없을까요?

제가 들어도 어떻게 할 수 있는 일이 아닐지도 모르지만, 그래도 이야기는 들어드릴 수 있어요."

"……저기, 얘기해도 믿어주지 않을지도 모르겠습니다만."

가도와키가 눈을 내리깔고 작은 목소리로 중얼거렸다.

아사히는 힘차게 고개를 끄덕여 보였다.

"괜찮아요. 일단 말씀해보세요."

요즘, 아사히는 보통 사람이라면 믿기 힘든 사건에 이따금 얽히곤 한다. 대부분의 얘기는 들어줄 자신이 있다. 얼마든지 믿어도 좋다.

가도와키 히사시는 검은 테 안경의 다리를 손가락으로 치켜올리며 그제야 겨우 아사히를 쳐다봤다.

그리고 말했다.

"사실은…… 그녀의 머리가 없어졌어요."

아사히는 괜찮다고 말해놓은 체면이 있어서 겨우 참고 가까스로 '네?' 하고 반문할 수 있을 뿐이었다.

가도와키 히사시의 얘기는 이러했다.

반년 전부터 사귀기 시작한 여자친구가 있다고 한다.

이름은 기리노 가나에다. 대학 근처의 꽃집에서 일하던 사람이다. 가도와키 히사시가 매일 가게 앞을 지나는 동안 점점 좋아하게 된 모양이다.

그리고 어느 날, 그녀를 캠퍼스 안에서 발견한 가도와키는 결국 그녀에게 말을 걸었다.

"……가도와키 선생님, 역시 처음 말 걸 때 긴장하셨어요?"

"몇 번인가 포기할까 생각했는데 그때 말을 걸지 않으면 영원히 기회는 없을 것 같았어요. 기요미즈의 무대에서 뛰어내리는(어떤 일을 과감하게 실행하기로 결심했을 때 교토의 기요미즈데라 사원의 높은 곳에서 뛰어내리는 것에 비유해 기요미즈의 무대에서 뛰어내린다고 한다) 기분이 어떤 기분인지 실감하는 귀중한 체험이 됐습니다."

가도와키는 무심결에 질문한 아사히에게 정성껏 대답해주었다.

"아, 죄송해요. 계속 얘기해주세요."

"……네."

그녀가 캠퍼스 안에 있었기 때문에 가도와키 히사시는 분명 같은 대학의 학생이거나 대학원생이라고 생각했다고 한다. 그런데 가나에는 그날 열린 강연회를 위한 꽃을 납품하러 왔을 뿐이었다.

하지만 그걸 계기로 가도와키는 꽃집에서 일하는 가나에와 조금씩 이야기를 나눌 수 있게 됐고, 어찌어찌 고백까지 해서 연인 사이가 됐다.

"죄송해요, 여기부터는 좀 연애사가 나올 거예요."

가도와키 히사시는 역시 정중하게 미리 양해를 구하더니 귀가 조금 빨개져서는 가나에가 어떤 사람이었는지 이야기했다.

가나에는 겸손하고 얌전한 성격에 미소가 멋진 여성이었다. 디즈니 시(도쿄의 디즈니랜드는 랜드land와 시sea로 이루어져 있다)에 가본 적이 없다고 해서 첫 데이트 장소를 디즈니 시로 정했다. 가나에는 니모 놀이기구를 무척 좋아했고, 뮤지컬 〈아리엘〉을 보며 눈을 반짝였다.

특히 뮤지컬 〈아리엘〉을 마음에 들어하는 가나에에게 가도와키 히사시가 말했다. "근데 그 영화, 원래 이야기랑 전혀 다르게 해피 엔딩이네."

그 말을 듣고 가나에가 놀라자 가도와키 히사시가 설명했다. "그러니까 〈더 리틀 머메이드〉가 안데르센 동화인 「인어공주」의 디즈니판이잖아. 디즈니니까 해피엔딩인 거고." 그러자 가나에는 〈더 리틀 머메이드〉를 본 적이 없다고 대답했다. 그래서 다음 데이트는 〈더 리틀 머메이드〉 DVD를 빌려서 가도와키 히사시의 집에서 보기로 했다.

솔직히 말하면 가도와키 히사시는 〈더 리틀 머메이드〉를 별로 좋아하지 않았다고 했다.

"아니, 그게, 그 시절 디즈니 영화는 캐릭터의 눈이 엄청 커다래서 뭔가 무섭지 않나요? 게다가 노래는 괜찮지만, 스토리가 자기 멋대로라고 해야 할까……. 아리엘이 아무것도 하지 않는 게 신경 쓰여요."

"아, 맞아요……. 왕자를 구한 거랑 인간이 되기 위해 마녀와 거래한 것 외에는 그다지 그녀 스스로 고생하거나 노력하는 장면이 없죠, 그 영화에는."

아사히가 어릴 적 읽었던 동화책에서는, 인어공주가 마녀와 거래해서 다리를 손에 넣지만 그 대신 목소리를 잃었다. 게다가 걸을 때마다 발을 칼로 찌르는 듯한 고통에 시달린다는 설정이 있었다. 하지만 디즈니판 영화에서는 발이 아프다는 설정이 없어지고, 인간이 된 인어공주 아리엘은 목소리를 잃기는 하지만 마냥 순진한 인간으로서 생활을 즐긴다. 하지만 예전에 아리엘이 노래 부르는 목소리를 들었던 왕자는 눈앞에 있는 아리엘에게 끌리면서도 자신의 귀에 남은 노래 부르는 목소리의 주인공이 신경 쓰여서 한 발자국 더 나아가지 못한다. 정해진 기간까지 왕자가 아리엘을 좋아하지 않으면 아리엘은 모든 것을 잃는데 말이다.

그때 아리엘의 바다 친구들이 나선다. 분위기를 끌어올리기 위해 노래를 부르고 마녀가 변신한 가짜 왕녀가 왕자와 배 위에서 결혼하려고 할 때, 헤엄치지 못하는 아리엘을 먼바다까지 데려가 준다. 아리엘이 마녀에게서 목소리를 돌려받은 것도 친구들의 활약 덕분이다.

"뭐, 주변 존재 모두에게 사랑받는 아리엘이었기 때문에 원래는 이루어질 리 없던 인간 왕자와 결혼할 수 있었던 거예요. '귀여움이 정의로운 것이다'라는 거죠."

"그럴지도 모르죠……. 하지만 저는 그건 너무 단순한 것 같아요. 그런데 그녀는 이 영화를 보고 울었어요."

"어, 〈더 리틀 머메이드〉가 눈물 나는 영화였나요?"

아사히에게는 오히려 밝고 즐거운 이미지밖에 없었다.

그래서 가도와키 히사시도 놀라서 가나에에게 물었다. 대체 왜 그러느냐고. 보지 말걸 그랬다고.

그러자 가나에는 눈물을 뚝뚝 흘리면서 고개를 저으며 그게 아니라고 했다.

"안데르센의 「인어공주」에서처럼 아리엘이 거품이 되지 않아서 다행이라고, 왕자랑 행복해져서 다행이라고……. 그렇게 말했어요.

'좋겠다, 부럽다'라고."

"부럽다……?"

"저한테 얘기해주지는 않았지만, 뭔가 예전에 괴로운 일이 있었나 싶더라고요. 하지만 〈더 리틀 머메이드〉를 보고 아리엘에게 진심으로 감정이입하고 눈물 흘리다니 대단하지 않나요? 저는 영화에는 별로 감동하지 않았지만 그런 그녀의 모습에 감동했어요."

가도와키 히사시의 귀가 더욱 빨개졌다. 아무래도 그 모습에 그녀를 더 좋아하게 된 모양이다.

그리고 순조롭게 계속 교제를 하던 지난달 하코네로 온천여행을 갔다고 했다.

사건은 거기서 일어났다.

한밤중 문득 눈을 뜬 가도와키 히사시는 옆에서 자고 있던 가나에가 없어졌다는 사실을 깨달았다. 화장실이라도 간 걸까, 하고 그대로 자려고 몸을 뒤집는데 ─ 발끝에 뭔가가 닿았다.

가도와키 히사시는 놀라서 무심결에 발끝에 닿은 무언가를 쓸어보았다. 아무리 생각해도 인간의 다리라고 생각할 수밖에 없는 감촉이었다.

가도와키 히사시는 몸을 일으켜 가나에가 자는 쪽의 이불을 걷어봤다.

그 순간 가도와키 히사시는 자기도 모르게 비명을 질렀다.

그곳에는 유카타 차림의 가나에가 천장을 올려다보는 모습으로 자고 있었다. 팔도 다리도 쭉 뻗은 채로, 매우 올곧은 자세로. 그건 가나에이기도 하면서 가나에가 아니었다. 아마도 다른 사람이

봤다면 가나에라는 걸 알 수 없을 정도로 중요한 게 빠져 있었다.

머리가, 없어진 것이다.

"……저는 살인사건이라고 생각해서, 제가 자는 사이에 누군가가 방에 쳐들어와서 그녀의 목을 잘라버렸다고 생각했어요. 그래서 그대로 방 밖을 뛰쳐나와서 여관 사람을 부르러 갔는데…… 방에 돌아오니까……."

가도와키 히사시가 여관 직원과 함께 방으로 돌아왔을 때 이불 위에는 가나에가 있었다.

머리가 제대로 붙어 있는 가나에가 졸린 눈을 부비며 이불 위에 앉아 있던 것이다. 그리고 '왜 이렇게 난리야, 대체 무슨 일이야?'라고 물었다.

여관 직원은 놀란 눈으로 가나에를 바라보는 가도와키 히사시의 등을 웃으며 두들기고는 "잠꼬대를 하신 모양이네요." 하고 자리를 떴다. 여우에 홀린 듯한 기분으로 방 입구에 우두커니 서 있는 가도와키 히사시에게 가나에는 '이상한 꿈이라도 꿨어? 괜찮으니까 이제 자자'라며 웃었다.

가도와키는 어색하게 고개를 끄덕이고 조심스레 가나에에게 다가갔다. 그리고 봤다. 가나에의 목을 한 바퀴 돌듯이 빨간 선이 그어져 있었다.

평소 가나에의 목에 그런 선이 있다는 걸 인식한 적은 없었다. 가나에는 자주 옷깃이나 스카프로 목을 감추고는 있었지만, 그래도 목덜미는 몇 번이고 본 적이 있었다. 그런 선이 있었다면 분명 가도와키도 눈치챘을 것이다.

"그건 왜 그래?" 가도와키가 물었다.

그러자 가나에는 깜짝 놀란 듯이 목에 손을 대며 대답했다. "아마도 뭔가 탔나 봐. 알레르기니까 금방 사라질 거야."

이후 가도와키는 조금도 잠들지 못한 채 아침을 맞이했다. 날이 밝은 후 다시 가나에의 목을 봤는데 이미 빨간 선은 사라지고 없었다. 가나에의 모습은 평소와 아무것도 달라지지 않았지만, 가도와키는 그녀를 평소처럼 대할 수 없었다. 그리고 그 이후 그녀와 만나는 걸 피하고 있다고 한다.

"그런데 전 분명히 봤어요. 절대 꿈이 아니에요. 목이 없었어요, 정말로!"

"하지만 목이 없으면 죽잖아요. ……가도와키 선생님, 가나에 씨의 목이 없어진 걸 봤을 때, 피를 봤나요? 목이 잘렸다면 보통은 엄청난 양의 피가 나올 텐데요."

"피는 없었던 것 같아요. 방 안은 어두웠고 저는 안경을 끼지 않았지만, 딱히 이불이 젖어 있지는 않았거든요."

"다른 무언가, 방 안에서 이상한 점은 없었나요? 예를 들어 얼굴이 없는 가나에 씨라고 생각했던 게 사실은 베개 같은 게 여러 개 늘어서 있었던 것뿐이고, 가나에 씨가 돌아온 후에는 이불 옆에 베개가 잔뜩 쌓여 있었다든가. 안경을 끼지 않았다면 뭔가 잘못 보셨을지도 모르잖아요?"

"아무리 그래도 사람 몸이랑 베개를 잘못 보지는 않아요. 눈으로 보기만 한 게 아니라 직접 만지기도 했고요. ……아, 그러고 보니, 딱 한 가지 신경 쓰이는 게 있었습니다."

가도와키가 말했다.

"창문이, 열려 있었던 것 같아요."

"창문요?"

"애초에 제가 밤중에 눈을 뜬 이유 말인데요. 그때 뭔가 바람이 몸에 닿는 느낌이 들어서 눈이 떠졌어요. 자기 전에 분명 창문을 닫았는데. 뭐, 그때 확인하지는 못해서 확실하다고는 말 못 하겠지만…… 하지만 아침에 다시 확인했을 때는 창문이 닫혀 있었습니다. 다만, 잠그지는 않았더라고요."

닫혀 있어야 할 창문이 열렸다가, 다시 닫혔다는 얘긴가. 무슨 일이지.

가도와키 히사시는 테이블에 양쪽 무릎을 붙인 채, 머리를 끌어안고 머리카락을 마구 헝클었다.

"그게 대체 뭐였는지 너무 신경 쓰여서…… 그래서 원고가 전혀 손에 잡히지 않았어요. 미스터리 같은 건 쓴 적 없지만, 이런저런 생각이 들더라고요. 누군가 창문으로 몰래 들어와서 어떤 방법으로 그녀의 목을 자른 게 아닐까 하고. 그리고 내가 돌아왔을 때 있던 머리가 있는 그녀는 사실은 다른 사람이 아닐까. 혹은 머리가 없었던 몸은 그녀가 아닌 완전히 다른 사람의 시체고 내가 방을 나가서 돌아오기 전에 누군가 창문 밖으로 시체를 던져버리고 진짜 그녀와 자리를 바꿔치기 한 게 아닐까. 이미 죽은 몸이라면 피노 나오지 않을 테니까요."

"피는 나오지 않아도, 만약 그게 진짜 시체였다면 냄새로 알 수 있지 않을까요……. 게다가 그렇게 생각하면 가나에 씨도 공범이라는 얘기가 되는데⋯⋯. 일부러 가도와키 선생님에게 목이 없는 시체를 보여줄 이유가 뭘까요?"

"단 한 번 봤던 목 없는 시체가 없어진다면, 제가 피곤해서 잘 못 본 거라고 생각하고 그 이상 추궁하지 않을 거라고 생각했을 수도 있겠죠. 실제로 아침이 됐을 때 제가 경찰을 찾아가지는 않았으니까요. 즉, 분명 존재했던 시체인데 목격자가 꿈을 꾼 것뿐이라고 생각하도록 해서 없던 일로 만드는 트릭인 거예요."

가도와키 히사시의 얘기에 아사히는 눈썹을 찡그리며 생각에 빠졌다. 지금의 가설은 아무리 미스터리라도 난처한 감이 있다. 진짜 시체를 누군가에게 한 번이라도 보여주다니, 너무 위험한 행위다. 애초에 가도와키 히사시에게 아무도 모르게 목 없는 시체를 목격하게 할 필요성이 지금의 이야기로는 느껴지지 않는다. 그럴 거면 아무 말 없이 몰래 시체만 버리면 되었을 텐데.

"⋯⋯저는 역시 미스터리에는 재능이 없는 걸까요."

가도와키가 아사히의 표정을 보고 나직이 말했다.

"그러게요⋯⋯. 예를 들어 가도와키 선생님이 지금 말씀하신 트릭을 중심으로 미스터리 소설을 쓰신다고 해도 상황이나 설정을 제대로 보완해서 납득이 되는 형태로 다듬지 않는 한은 조금 이상해요⋯⋯."

"그런가요. 그렇다면 미스터리 말고 떠오르는 설명은 SF의 설정 정도네요."

"SF요?"

"네, 사실 그녀는 정교하게 만들어진 로봇이고, 머리는 기계의 부속장치를 교환하듯이 몸에서 떼어낼 수 있는 타입이라든가……."

가도와키는 말하면서도 부끄러웠는지 귀가 점점 더 빨개졌다. 아무래도 가도와키는 뺨보다 귀가 빨개지는 편인 듯하다.

그건 그렇고 오히려 작가라서 이런저런 가설이 꼬리에 꼬리를 물고 나오나 보다. 언젠가 그 가설들을 솜씨 좋게 요리해서 작품으로 살릴 수 있다고 생각하면서도 가도와키 히사시의 얘기를 여기까지 듣고 아사히의 머리에 떠오른 건 전혀 다른 가설이었다.

사람의 머리는 보통 떨어질 수 없다.

하지만― 그게 인간이 아닌 존재라면.

이 이야기에 나온 것 같은 인간 외의 존재가 정말 있는지는 알 수 없지만, 평범한 인간으로 살아가는 인간 외의 존재 자체는 많은 듯하다. 그렇다면 가능성이 없지는 않다.

결국 가도와키 히사시가 아사히 앞에서 테이블에 엎드렸다.

"……아, 정말 안 되겠어요, 저. 정말로…… 그 일이 너무 신경 쓰여서 밤에 잠도 못 자고 원고도 손에 잡히지 않고……. 어렸을 때부터 소설가가 되고 싶어서 무조건 하루에 일곱 장 이상은 뭐든 썼는데……. 이렇게 전혀 쓰지 못하게 된 건 처음이라서 더 이상 뭘 어떻게 해야 할지……."

가도와키가 테이블에 이마를 쿵 찧었다. 꽤 큰 소리가 나서 주변 손님이 이쪽을 돌아봤다.

"가, 가도와키 선생님, 진정하세요. ……저기, 이거 가나에 씨한테 직접 물어보셨나요?"

"그럴 수 있을 리가 없잖아요!"

또 가도와키가 이마를 테이블에 쿵 찧었다. 위험하다. 궁지에 몰렸다.

만약 가나에가 인간 외의 존재라고 한다면, 의논할 수 있는 상대는 미사키 젠과 나츠키밖에 없다. 그들이라면 기꺼이 이야기를 들어줄 것이다.

하지만— 안 그래도 진척이 없는 미사키 젠의 집필 활동이 더욱 늦어지는 이유는 이수계에 협력하기 때문이다. 거기다 아사히가 다른 사건을 들고 간다면 괜히 미사키 젠의 시간을 빼앗게 될 거라는 생각에 주저하게 됐다.

하지만.

"가도와키 선생님, 어쨌든 진정하세요. 얼굴 드세요, 얼굴."

아사히는 손을 뻗어 테이블에 엎드려 있는 가도와키의 어깨를 붙잡아 일으켜 세웠다. 이마가 빨개지고 살짝 비뚤어진 검은 테 안경 아래의 눈도 조금 충혈돼 있었다.

이런 상태로 가도와키를 내버려둘 수는 없었다.

가도와키 히사시도 아사히에게는 매우 소중한 작가 중 한 사람이다.

"—알겠습니다, 가도와키 선생님. 이 건은 저한테 맡겨주실 수 있나요?"

"맡기라니……. 세나 씨, 어쩌려고요?"

"아는 사람 중에 이런 안건에 대해 프로인 분이 있어요. 어쨌든 그 사람들에게 상의해보겠습니다."

그것 말고는 방법이 없었다.

"아, 있습니다. 그런 인간 외의 존재."

아사히가 가도와키 히사시의 이야기를 전하자 미사키 젠은 단박에 고개를 끄덕였다.

요코하마역에서 가도와키와 헤어진 후, 미사키 젠이 일어날 시간을 계산해서 전화해봤더니 방문해도 좋다는 말을 들었기에 그대로 집에 찾아갔는데, 설마 이렇게 단박에 답을 손에 넣을 줄은 상상도 하지 못했다.

"정말로 있어요? 목이 분리되는 인간 외의 존재가요?"

"네, 있습니다. 아마도 그녀는 비두만(飛頭蠻, 중국 괴기 소설집에 등장하는, 목이 몸통에서 완전히 분리되어 날아다니는 요괴)이라고 불리는 종류일 겁니다. ―나츠키 씨, 이수계의 데이터베이스에 등록된 게 있는지 확인해주세요."

"응, 알겠어."

미사키 젠의 말에 나츠키가 자신의 스마트폰을 꺼냈다. 딱히 사건이 있었던 건 아니지만, 오늘도 나츠키는 미사키 젠의 집에 있었다. 미사키 젠에게 전에 빌렸던 DVD를 돌려주러 왔다고 했다. 나츠키는 별다른 용건 없이도 이따금 미사키 젠의 집에 찾아오는 듯했다.

하지만 이번에는 나츠키가 여기에 있어서 오히려 잘된 일이었다. 일본에 사는, 인간이 아닌 자들은 정부에 그 존재를 신고하고 등록한 경우가 대부분이다. 개중에는 등록제도에 반하여 관리하에 있지 않은 자들도 있지만, 대체로 인간 외의 존재는 인간으로서의 이름과 주소, 어떤 종류의 인간 외의 존재인가를 이수계 데이터베이스에서 검색할 수 있게 돼 있다. 나츠키의 스마트폰으로도 그 데이터베이스를 볼 수 있어서 경시청까지 가지 않아도 조사가 가능하다.

나츠키가 검색하는 동안 아사히는 미사키 젠에게 물었다.

"비두만이라니 그게 뭐예요?"

"방금 말한 대로 머리가 몸에서 빠지는 게 특징입니다. 그리고 빠진 머리만 공중을 날아다니는 게 가능합니다. 원래는 중국의 요괴였는데 꽤 오래전에 일본에도 건너왔어요. 옛날 중국이나 일본 서적에 '머리가 빠지는 병'이라는 기이한 병에 대한 기록이 있습니다만, 그것도 아마 비두만을 목격한 사례 중 하나라고 생각합니다. 밤이 되면 머리가 빠져서 멋대로 날아다니는 걸 병이라고 하며 얼버무리려고 했겠죠. 꽤 억지스러운 변명이라고 생각합니다만."

미사키 젠이 말했다. 확실히 머리가 빠져서 날아다니는 걸 병 때문이라고 말하면 믿기 어렵다. 당시에는 이수계 같은 조직도 없었을 테니 인간 외의 존재는 그 정체를 숨기기 위해서 스스로 이런저런 변명을 만들어냈는지도 모른다.

"머리가 빠져서 날아다니는 것 외에 다른 특징은 없나요? 혹시…… 사람을 먹는다든가."

"아뇨. 그런 일은 없었습니다. 옛날이야기 같은 데서는 머리만으로 인간을 습격했다는 이야기도 있는 듯하지만, 실제 비두만은 얌전한 종족입니다. 평소에는 인간처럼 생활하다가 보름달이 뜨는 밤에는 노래를 부르며 머리만이 공중을 날아다녀요."

미사키 젠의 설명에 아사히는 안심했다. 그렇다면 가도와키 히사시는 위험한 상황은 아니다. 그 사실을 확인한 것만으로도 다행이다.

"어, 그 여성 분, 이름이 기리노 가나에 맞지?"

나츠키가 스마트폰을 보며 그렇게 물었다.

아사히는 고개를 끄덕이며 말했다.

"네. 맞아요. 역시 등록되어 있나요?"

"있어. 미사키 말대로 '비두만'이야. 그래서, 어떻게 하지?"

나츠키가 고개를 들고 아사히에게 시선을 보냈다.

"이야기를 들어보니 딱히 사건이 벌어진 건 아닌 것 같은데. 인간 외 존재의 정체가 인간에게 노출된 게 사건이라면 사건이겠지. 뭐, 목격한 사람은 그 가도와키라는 작가뿐인 듯하니까 아직 문제삼을 정도는 아니지만……. 아사히 짱에게 말한 것처럼 다른 주변 사람들에게도 말한다면 곤란한데."

소문은 널리 퍼진다. 가도와키의 성격을 생각하면, 여기저기 떠들고 다닐 타입은 아닐 듯하지만, 친한 친구한테는 얘기해버렸을지도 모른다.

미사키 젠이 말했다.

"얘기한다고 해도, 내용이 내용인지라 주변에서도 믿지 않을 겁니다. 그렇다고는 해도 이대로 방치하면 가도와키 씨의 심리에 막대한 영향이 미칠지도 모를 것 같네요."

"가도와키 선생님이 이 이상 고민한다면 엄청 곤란해요!"

아사히는 얼른 고개를 끄덕였다.

그러자 미사키 젠이 말했다.

"그럼 두 사람은 헤어졌습니까? 그게 제일 이야기가 빠를 것 같습니다만."

"음……."

"기리노 가나에 씨에게는 정체를 들켰으니 지금 당장 가도와키 씨와 헤어지고 몸을 숨기라고 전하겠습니다. 그리고 이후에는 두 번 다시 가도와키 씨에게 접근하지 않도록 하고, 연락도 하면 안 된다고 할 겁니다. 몸을 숨길 때 필요한 준비는 모두 이수계 측에서 도와줄 거예요. 인간 외 존재의 정체가 주변에 노출됐을 때 자주 쓰는 방법 중 하나입니다."

확실히 그게 쉬운 방법일지도 모른다.

하지만, 그걸로 괜찮은 걸까? 아사히는 생각했다.

가도와키 히사시는 가나에를 의심하고는 있지만, 아직 좋아하고 있다. 억지로 헤어지게 한다고 해서 가도와키의 기분이 정말로 진정될까. 가나에는 가도와키를 정말로 좋아했는지도 모른다. 인간 외의 존재에 대한 비밀을 지키기 위해서라고 해도 다른 사람의 연애 감정에 외부인이 마음대로 관여해도 좋은 것은 아닌 것 같다.

그렇다고는 해도 가도와키를 이대로 둘 수는 없다.

아사히가 고민하고 있다는 걸 눈치챈 미사키 젠이 작게 한숨을 쉬었다.

"알겠습니다. 그럼 내일이라도 기리노 가나에 씨를 만나러 가 볼까요. 그리고 가나에 씨와 이야기를 좀 나눠보기로 합시다."

"……괜찮으세요? 미사키 선생님?"

"네, 나츠키 씨도 같이 갈 거죠?"

"응, 일단 이수계 관할이기도 하니까."

나츠키도 그렇게 말하며 고개를 끄덕였다.

아사히는 무심코 앉아 있던 소파에서 일어나 두 사람을 향해 힘차게 고개를 숙였다.

"죄송해요. 정말로 고맙습니다, 미사키 선생님, 나츠키 씨."

"딱히 세나 씨가 신경 쓸 일은 아니에요."

"맞아, 곤란할 때는 서로 도와야지, 아사히 짱."

미사키 젠과 나츠키가 그렇게 말하자 아사히는 두 사람의 상냥함에 순간 눈물이 나오려고 했다. 얘기하길 잘했다. 진심으로 그렇게 생각했다.

다음 날 저녁 아사히 일행은 가나에가 근무하는 꽃집으로 가보았다.

폐점 시간인지 앞치마를 두른 초로의 남성이 가게 앞에 내놓았던 화분을 가게 안으로 들여놓고 있고 같은 앞치마를 두른 젊은 여성이 그걸 도와주고 있었다. 허리 근처까지 내려올 듯한 긴 머리를 머리끈으로 묶고 있었고, 손발이 가늘고 긴 미인이었다. 목에 스카프를 두르고 있었다.

"저 사람이 기리노 가나에 씨인 거죠?"

가게를 마주 보고 주차한 차 안에서 가나에를 바라보며 미사키 젠이 말했다.

"지기, 미사키 선생님. 혹시 저기 점장인 듯한 남자도 인간이 아닌 거 아닐까요?"

"아뇨. 그는 평범한 인간입니다. 가나에 씨의 정체를 알고 있는지 어떤지는 모르겠지만. 어쨌든 가게가 완전히 닫힐 때까지 기다리죠. 방해하면 안 되니까."

미사키 젠의 말에 따라 잠시 그대로 차 안에서 대기했다.

대학 근처라서 그런지 몇몇 대학생이 차 옆을 지나가고 있었다. 순간 아사히는 그들이 슬쩍 차 안을 들여다보고 초절정 미남인 미사키 젠에게 흥미를 느끼면 큰일이라고 생각했지만, 그런 일은 일어나지 않았다. 차가 왜 여기 세워져 있는지 궁금하다는 표정으로, 창 너머로 가볍게 시선을 보내는 학생은 있었지만, 별다른 반응 없이 그대로 지나쳐 갔다. 아무래도 미사키 젠은 존재감을 숨긴 모양이다.

인간 외의 존재들은 인간에게 정체를 들키지 않기 위해 존재감을 지우거나 희미하게 하는 기술에 도가 텄다. 지금까지 미사키 젠과 같이 여러 번 외출했는데, 어떤 계기로 미사키 젠이 사람들에게 자신의 존재감을 느끼지 못하게 했다는 사실을 알게 됐다. 가나에처럼 평범한 사람인 척 활동하고 있는 경우에는 필요 없을지도 모르지만, 인간 외의 존재가 인간 사회에서 몰래 생활하기 위해서는 중요한 기술이라고 한다.

드디어 꽃집 문이 닫혔다. 정리를 모두 끝낸 가나에가 점장에게 인사하고 가게에서 나오는 모습이 보였다.

마침 지나가는 학생도 없다. 아사히 일행은 차에서 내려 가나에에게 다가갔다.

"실례합니다. 잠시 이야기를 나눌 수 있을까요?"

말을 건 사람은 미사키 젠이었다.

가나에가 고개를 돌려 미사키 젠을 보더니 긴장한 듯 몸이 굳었다. 그 모습을 본 아사히는 고구레가 미사키 젠을 보고 두려워하던 걸 떠올렸다.

나츠키가 주머니에서 경찰수첩을 꺼내 가나에에게 보여주었다.

"안녕하세요. 이수계에서 나왔습니다. 죄송합니다만, 시간을 좀 내주셨으면 해서요."

"……이, 이수계라니……. 어, 저는 아무 짓도 안 했는데요?"

가나에는 가늘게 떨리는 목소리로 그렇게 말했다.

"아, 아니에요. 딱히 체포하러 온 건 아니고요……. 어이, 미사키, 어떡해!"

나츠키가 표정을 바꾸고 가나에를 손가락으로 가리켰다.

무슨 일인가 하고 보니, 가나에의 목덜미에 두른 스카프가 조금 흘러내려 있었다. 그 틈으로 보이는 목덜미에 빨간 선이 가로로 그어지기 시작했다.

"진정하세요, 기리노 가나에 씨!"

미사키 젠이 얼른 가나에에게 다가가서 그대로 그녀를 끌어당겨 안았다.

그 직전에 아사히는 가나에의 목이 몸에서 분리되어 떠오르는 걸 분명 본 듯했지만, 곧바로 미사키 젠이 왼손을 그녀의 뒤통수에 갖다 대자 몸으로 돌아왔다.

미사키 젠은 왼손으로 그녀의 머리를, 오른손으로 그녀의 등을 받치고 자기 쪽으로 끌어당긴 채 가나에의 귓가에 속삭였다.

"아시겠습니까, 이런 곳에서 머리를 띄우면 안 됩니다. 사람들

눈에 띄면 곤란하다는 사실은 당신이 더 잘 알고 있겠죠? 진정하세요. 우리는 당신을 체포하러 온 게 아닙니다."

"아…… 그럼 왜?"

가나에가 마치 미사키 젠에게 열정적으로 안긴 듯한 자세로 물었다. 아사히는 가나에 옆으로 달려갔다.

"가나에 씨, 가도와키 선생님을 알고 계시나요?"

"아…… 히사시 말이군요……."

"맞아요. 그분이 얘기하셨어요. 여행에서 가나에 씨의 목이 없어진 걸 봤다고. 자신이 본 게 뭐였는지 알 수 없어서, 지금 괴로워하고 있어요. 저희들은 그 일에 대해 가나에 씨랑 얘기하려고 온 거예요."

"그렇……군요. 알겠습니다."

가나에가 살짝 고개를 끄덕였다. 그러더니 자신이 미사키 젠에게 안겨 있다는 걸 자각했는지 갑자기 볼을 붉혔다.

나츠키가 미사키 젠을 쿡쿡 찔렀다.

"어이, 적당히 좀 해, 이 바람둥이야."

"그런 저질스러운 말 하지 마세요, 나츠키 씨. ……세나 씨도 노려보지 마시고요."

"노, 노려본 거 아니에요!"

미사키 젠이 지적하자 아사히는 당황하며 부인했다. 하지만 가나에를 조금 부러워한 건 사실이라서 괜히 찔렸다.

"비두만 일족은 원래 몸에서 머리가 빠지기 쉬워요. 겁이 많고 섬세해서 무슨 일이 있으면 머리만 날아서 도망가버리는 경우도 자주 있다고 합니다. 가나에 씨, 이제 손을 놔도 괜찮으시겠어요?"

미사키 젠이 묻자, 가나에가 다시 고개를 끄덕였다.

미사키 젠이 손을 살짝 놓자, 가나에는 몇 발자국 뒤로 물러나 미사키 젠에게서 떨어졌다. 자신의 목에 손을 대고 있다. 아무래도 머리와 몸은 다시 붙은 모양이다.

가나에는 붙어 있는 상태를 확인하려는 듯이 오른쪽 왼쪽으로 가볍게 고개를 비틀고 나서 새삼 이쪽을 바라봤다.

"……저기, 저희 집이 바로 이 근처에 있어요. 괜찮으시면 이야기는 거기서 부탁드릴게요."

가나에의 집은 꽃집에서 몇 분 걸으면 있는 작은 아파트의 2층이었다.

여자 방 치고는 꽤 소박한 인상이었지만, 커튼이나 가구 색 취향은 매우 여성스러웠고 가도와키 히사시가 말했던 가나에의 인물상과 무척 닮아 있었다. 선반에 〈더 리틀 머메이드〉에 나오는 아리엘 액자가 놓여 있었다. 안에 들어 있는 사진은 가도와키와 가나에 둘이서 찍은 사진이었다.

"들어오세요. ……집은 좁지만, 앉으세요."

그렇게 말하고 바로 부엌으로 가서 물을 끓이려는 가나에에게 미사키 젠이 말했다.

"마실 건 됐습니다. 용건이 끝나면 바로 돌아갈 거예요. 방금 말씀드린 대로 가도와키 씨 문제로 찾아왔어요."

"아…… 네."

가나에가 돌아와서 작은 테이블을 끼고 맞은편에 앉더니 아사히를 보고 말했다.

"히사시의…… 담당 편집자 맞으시죠?"

"네."

아사히는 고개를 끄덕였다. 여기 오는 도중에 아사히는 자기소개를 마치고, 가나에를 찾아오게 된 경위에 대해서도 조금 자세하게 이야기해뒀다.

가나에는 맥없이 고개를 숙이고 양손으로 얼굴을 가렸다.

"죄송해요. 제 잘못이에요. 히사시가 괴로워하고 있군요……."

"그럼 역시, 그날 밤도 공중을 날았나요?"

아사히가 묻자 가나에는 손으로 얼굴을 가린 채 고개를 끄덕였다.

"저, 날아다니는 걸 정말 좋아해요. 도시에 살고 있으면 공중을 날 수 있는 기회가 별로 없어서 평소에는 참으며 살고 있는데……. 히사시랑 온천에 갔던 날 밤은 엄청 예쁜 보름달이 떠서 참을 수가 없어서……. 히사시도 자고 있고, 잠깐이면 들키지 않을 거라고 생각했는데."

그래서 창문을 열고, 몸만 남긴 채 날아가버린 모양이다.

하지만 바로 소란스러워진 걸 눈치채고 얼른 몸으로 돌아갔다고 한다.

"늦었으면 그대로 머리만 도망갈 뻔했어요. 아슬아슬하게 늦지 않아서 정말로 다행이에요."

아사히는 그렇게 말하는 가나에에게 별 사심 없이 물었다.

"……저기, 그냥 궁금해서 그러는데, 뭐 좀 여쭤봐도 될까요?"

"뭐죠?"

"목이 빠져버리면 몸은 어떻게 되는 거예요? 몸만 움직이는 건 안 되나요? 그…… 몸만으로 머리를 따라오도록 한다든가."

이야기를 들어보면 비두만이라는 생명체는 머리가 본체인 것 같다. 오히려 몸은 장식 같은 것일까.

가나에는 가볍게 고개를 갸웃하며 말했다.

"무리예요. 몸에는 눈도 뇌도 없고, 머리가 없으면 움직일 수 없어요."

"그럼 만약 머리가 몸으로 돌아가지 않으면 어떻게 되나요?"

"2, 3일 정도는 돌아가지 않아도 괜찮지만…… 너무 오랫동안 몸만 두면 몸이 말라버려요."

"마, 마른다고요?"

"네, 분명, 증조할아버지가 인간 경찰에게 붙잡혀서 몸으로 돌아가지 못하고 결국 말라 비틀어져서 몸을 잃었다는 얘기를 들은 적이 있어요. 머리는 그 후 일족이 돌려받으러 갔던 모양이지만요."

"머리만으로도 살 수 있어요?"

"네, 그건 괜찮아요. 하지만 그렇게 되면 인간 사회에서 사는 건 어려워지겠죠. 증조할아버지도 몸을 잃은 뒤에는 줄곧 산에서 생활할 수밖에 없었다고 해요."

역시 머리가 본체인 모양이다. 장기들의 위치는 대체 어떻게 돼 있을까.

미사키 젠이 말했다.

"그래도 역시 연인과 함께 있을 때 몸에서 떨어져 나온 건 경솔했다고 하지 않을 수 없군요. 가도와키 씨는 당신의 정체를 알지 못한 채 상상을 부풀려 이런저런 가설을 세우다가 밤에도 잠들지 못하고 괴로워하고 있는데."

"네……. 저, 전에도 같은 짓을 저지른 적이 있어요……. 참아야 한다고 생각했는데 달이 너무 동그랗고 아름다워서 도저히 참을 수가 없었어요."

가나에가 작게 움츠러들어서 조심스러운 말투로 말했다.

미사키 젠은 그런 가나에를 온화한 눈빛으로 바라봤다.

"음, 보름달이 뜬 밤에 날고 싶어 하는 건 비두만의 습성이니까요. 어쩔 수 없었는지도 모르겠습니다만, 앞으로도 사람인 척 살아가고 싶다면 역시 조심할 필요가 있습니다. 죄송하지만 당신은 인간 외의 존재로서 인간 사회에서 살아가는 게 익숙하지 않은 것 같아요. 나이도 아직 어린 듯하고. 일족의 다른 분들과 함께 생활하지 않으시는 건가요? 비두만은 무리지어 같이 생활하는 경우가 많다고 들었는데."

미사키 젠이 말했다.

가나에의 겉모습은 20대 초반 정도로 보였다. 인간 외의 존재는 겉모습과 실제 나이가 꽤 차이가 난다고 하는데 가나에는 그렇지 않은 것일까.

"아……. 제 일족은 제가 어렸을 적에 전쟁으로 모두 죽어버리고 말았어요. 지금은 저만 남았습니다. 저는 줄곧 히다 지역의 산속에서 전부터 알고 지내던 야마우바(山姥, 깊은 산속에 살고 있다는 마귀

할멈)와 살고 있었어요. 요코하마로 온 건 비교적 최근이에요. 다른 핏줄인 비두만은 지바랑 시코쿠에 살고 있다고 들었지만, 교류는 없어요."

가나에가 대답했다. 전쟁이라는 건 아마도 태평양전쟁을 말하는 걸까. 인간 외의 존재들 사이에서는 젊음의 척도가 인간과 너무 달라서 아사히는 가벼운 현기증을 느꼈다. 그보다 야마우바가 실재한다고는 생각해보지 못했다. 어릴 적 읽었던 옛날이야기에 자주 등장했었던 것 같은데.

"그래서 결국 가도와키 선생은 어떻게 할 거죠?"

나츠키가 끼어들었다. 그렇다. 이 얘기를 하기 위해 왔는데 주제에서 너무 벗어나고 말았다.

가나에가 말했다.

"……이대로 그냥 둘 수는 없으니, 히사시와는 헤어질게요. 이 집도 정리하고, 히사시와는 만날 수 없는 곳으로 이사할게요."

"그래도 괜찮으세요?"

아사히는 무심결에 그렇게 묻고 말았다. 동시에 아사히는 이 방에 물건이 별로 없는 이유를 알 것 같았다. 아마도 가나에는 언제든 이사할 수 있도록 해놓았을 것이다. 주변에 정체가 노출되면 바로 다른 곳으로 옮길 수 있게 물건을 많이 갖고 있지 않으려 했겠지.

—하지만, 아사히는 생각했다.

물건이 별로 없는 이 방에 가나에는 지금까지도 가도와키와 함께 찍은 사진을 장식해놓았다. 그건 가나에가 그를 아직 좋아하기 때문이지 않을까.

아사히의 시선이 액자에 향해 있다는 걸 눈치챈 가나에가 쓸쓸히 웃고는 자리에서 일어나 선반에서 그 액자를 가지고 왔다.

"히사시가 디즈니 시에서 사준 거예요. 기념이라고. ……정말 즐거웠는데."

"가도와키 선생님이 얘기해주셨어요. 가나에 씨랑 같이 〈더 리틀 머메이드〉 DVD를 봤을 때의 일도……. 그때 가나에 씨가 울었다는 얘기도요."

"뭐야, 히사시가 그런 얘기까지 했어요?"

가나에가 액자를 손에 든 채로 쓴웃음을 지었다. 부끄러움과 사랑스러움이 섞인 쓴웃음이었다.

가나에가 액자 프레임에 붙어 있는 아리엘을 살짝 손가락으로 쓰다듬으며 말했다.

"아리엘이 정말로 부러웠어요. 제가 알고 있던 인어공주 이야기는 비극으로 끝나는데 그녀는 왕자랑, 다른 종족이라 맺어질 수 없던 상대와 결혼해서 행복해지잖아요. ……저는 무리예요."

가나에의 얼굴에서 쓴웃음이 사라져갔다. 대신 방금 전처럼 쓸쓸한 미소를 짓는다. 그런 가나에를 액자의 아리엘이 천진난만한 눈동자로 올려다보고 있다.

"인간 외의 존재와 인간의 연애가 잘될 수 없다는 건 잘 알고 있어요. 이런 일이 처음도 아니에요. 저는 아리엘이 될 수 없으니까……. 인간 흉내를 낼 수는 있어도 언젠가 진짜 인간이 되지는 못해요. 인간의 눈으로 보면 저는 머리만 공중에 떠다니는 괴물이에요. 히사시에게 사실을 말할 수도 없는데 제가 옆에 있으면 히사시는 계속 괴로워하겠죠? 그러니까…… 헤어져야 해요."

액자 위로 가나에의 눈물이 툭 떨어졌다. 가나에는 죄송하다고 중얼거리며 볼 위로 흐르는 눈물을 훔치고, 액자에 떨어진 눈물을 닦았다.

미사키 젠도, 나츠키도 아무 말도 하지 못하고 가나에를 보고 있었다. 아마도 두 사람은 지금까지도 이런 식으로 인간 외의 존재와 인간의 사랑이 끝나는 순간을 봐왔겠지.

하지만 아사히는 납득할 수 없었다, 도저히.

"가도와키 선생님에게 사실을 말하면 안 되나요?"

"아사히 쨩."

나츠키가 아사히를 제지하려고 했지만 아사히는 계속 말을 이었다.

"말하면 되잖아요. 가나에 씨도 가도와키 선생님을 아직 좋아하잖아요? 가도와키 선생님도 그래요. 가나에 씨를 정말 좋아해서 괴로워하고 있는 거예요. 그렇다면 차라리 사실을 밝히는 게 낫지 않을까요? 가도와키 선생님은 알아줄지도 모르잖아요!"

아리엘처럼 인간이 될 수는 없어도 인간이 아닌 존재인 채로 인간과 맺어지면 되지 않을까. 아니면 그런 일은 절대 일어날 수 없는 걸까. 그럴 리가 없다. 일어날 수도 있을 것이다. 그게 아니라면.

―그게 아니라고 한다면.

그 순간 무서운 생각이 떠오를 것 같아서 아사히는 서둘러 그 생각을 마음 깊은 곳에 다시 밀어 넣었다. 안 된다. 이건 지금 여기서 생각하면 절대 안 된다. 미사키 젠은 인간의 생각을 무서울 정도로 잘 읽어내니까. 가슴속에 담아둔 생각에 몇 겹씩 뚜껑을 덮으며 아사히는 무언가에 내쫓기듯 열을 올리며 말했다.

"나츠키 씨, 미사키 선생님, 그런 커플 없나요? 커플이 아니라도 좋아요. 가족이라도, 친구라도, 뭐든요. 전에 만났던 자시키와라시인 산타는 결국 그 후에 모토무라 씨네 집에서 살게 됐잖아요? 인간과 인간 외의 존재가 함께 사는 경우도 있죠?"

두 사람은 서로 좋아하고 있다. 가나에의 정체가 인간이 아니라고 해서 그걸로 가도와키 히사시가 갑자기 마음이 바뀐다는 건가? 딱히 인간이라서 좋아하게 된 것도 아닐 텐데. 가나에이기 때문에 좋아하게 됐을 텐데.

"……없지는 않아. 인간 외의 존재가 인간과 연인이나 부부가 된 경우가."

나츠키가 뭔가 곤란하다는 표정을 지으며 이렇게 말했다.

"하지만 말이야, 아사히 쨩. 꽤 어려운 얘기야. 나나 아사히 쨩은 평소에 미사키라든가 다카라랑 같이 있으니까 감각이 무뎌지기 쉬울지도 모르지만, 하지만 보통 사람들이 전부 우리 같은 감각으로 인간 외의 존재와 사귀는 게 아니야."

"하지만 가도와키 선생님이 어떻게 받아들이는가는 실제로 얘기해보지 않으면 모르잖아요? 가나에 씨가 너무 좋아서 어쩔 줄 모르는 가도와키 선생님이라고요. 저기, 가나에 씨, 아직 희망을 버리면 안 돼요!"

가나에는 놀란 표정으로 아사히를 보고 있었다. 눈물로 젖은 눈동자를 아사히는 힘껏 받아쳤다. 울 정도로 좋아한다면 절대 포기하면 안 된다.

하지만 가나에는 망설이는 눈빛으로, 그리고 마치 도와달라는 눈동자로 미사키 젠을 봤다.

미사키 젠은 조용히 가나에를 쳐다보며 작게 한숨을 쉬었다.

"일단 가도와키 씨와 만나서 얘기해보면 어떻겠습니까? 사실을 말하든, 헤어지자는 말을 꺼내든 어쨌든 그와 만나야 할 테니까요. 혹시 모르니 저희도 근처에 있겠습니다."

가나에는 그래도 여전히 망설이는 표정으로 눈을 내리깔았다가 액자를 바라봤다. 사진 안에서 가도와키와 가나에는 둘 다 수줍은 미소를 짓고 있었다. 아사히는 그런 표정으로 웃는 가도와키를 한 번도 본 적이 없다.

사진은 정말 좋은 것이다. 즐거웠던 시간이 줄곧 남는다. 그렇게 말한 건 인간을 상대로 선술집을 운영하는 고구레였던가.

이윽고 가나에가 액자를 살짝 품에 안았다.

그리고 말했다.

"알겠어요. 히사시를 만나서 얘기해볼게요."

아사히가 가도와키에게 연락해서 '전에 말한 전문가에게 상담해보니 가나에 씨와 직접 만나서 얘기를 하는 편이 좋겠다'고 하자 가도와키는 당혹스러워하면서도 이해해주었다. 그 후에 이번에는 가나에가 가도와키에게 연락해 만날 약속을 잡았다. 사흘 후라면 가도와키 히사시의 일정이 비어 있다고 해서 그날로 정했다.

두 사람이 얘기할 장소로 고른 곳은 구조 다카라가 운영하는 기치조지의 전통카페 '다카라'였다. 미디어에서도 자주 다뤘던 인기 있는 가게지만, 미사키 젠이 다카라에게 얘기하자 단번에 가게를 빌려주었다.

"우후후, 젠의 부탁인데 내가 거절할 리 있겠어? 그 대신이라고 하면 뭐하지만, 이번에 또 데이트 하자, 젠."

다카라가 그렇게 말하며 교태를 부렸다. 길게 찢어진 눈이 당장이라도 하트를 날릴 듯이 윙크를 했다.

길게 늘어뜨린 풍성한 흑발을 목덜미 부근에서 하나로 묶고 빨간 사무에(일본의 승려들이 입는 옷)를 두른 다카라는 그냥 보면 깔끔하게 정돈된 이목구비의 전형적인 미녀이다. 하지만 하는 말이나 행동은 완전히 주책바가지다. 이 점 때문에도 명물 점장으로 인기를 모으고 있는 듯하지만.

"그래서 그 가나에 짱이랑 히사시 군은 아직 안 왔어?"

"아, 음, 지금 둘이서 아직 식사하고 있을 거예요. 식사 후에 차를 마시러 이 가게에 올 예정이거든요. 가나에 씨가 적당한 때를 보고 연락하기로 했어요."

"그래, 그럼 그때까지는 당신들도 차 마시면서 기다리고 있어. 내가 알아서 준비할 테니까, 괜찮지?"

아사히의 설명을 듣고 다카라가 그렇게 말했다. 오늘은 표면적으로는 임시휴업이라서 직원들도 모두 쉰다. 그래서 음식은 전부 다카라 본인이 준비해야 한다. 아사히는 이래저래 폐를 끼치게 되어서 정말 죄송하다고 생각했다.

아사히의 그런 생각을 바로 알아채고 다카라가 말했다.

"아, 정말. 아사히 짱, 그렇게 미안해할 필요 없다니까? 내 가게에서라면 무슨 일이 벌어져도 굳이 숨길 필요도 없고, 이런 건 상부상조야, 상부상조. 그래, 뭐 굳이 따지자면— 왜 이 인간까지 와야 했던 거야?"

마지막에 갑자기 얼음장처럼 차가워진 다카라의 목소리에 아사히는 머쓱한 미소를 지었다. 그건 아사히도 묻고 싶었던 참이었다.

아사히 일행이 지금 앉아 있는 곳은 가게 안쪽에 있는, 늘 그랬듯 '젠 전용♥'이라고 쓰인 자리다. 사방에 발을 쳐놓은 4인석, 반은 개인실이다. 지금 여기에 앉아 있는 건 아사히와 미사키 젠, 나츠키— 그리고 나츠키의 상사인 야마지 소스케였다.

"저도 전부터 한번쯤은 이 가게에 와보고 싶었습니다. 아예 하야시바라를 꼬셔서 남자 둘이서 차를 마시러 와야 하나 고민했습니다만, 마침 좋은 기회가 찾아와서 잘됐습니다."

다카라의 차가운 시선을 알아챘는지 어쨌는지, 야마지는 생글생글 웃으며 그렇게 말했다. 여전히 장례식에서 방금 돌아온 듯한 새까만 양복에 새까만 코트를 입었고, 슬쩍 보기에는 무척 사람 좋아 보이는 인상인 것도 그대로였다. 하지만 이곳에 있는 모두가 야마지가 그런 인간이 아니라는 사실을 알고 있다.

"나츠키 씨, 왜 야마지 씨를 데리고 왔나요?"

"……아니, 일단 상사니까 보고는 해야 하잖아."

나츠키가 약간 곤란하다는 표정으로 말했다.

"바보 같은 짓을. 사후에 보고하면 됐을 텐데요."

"그렇게는 못 한다니까. ……아냐, 응, 미안해. 내가 잘못했어, 용서해줘. 부탁이야, 미사키."

"아이고, 뭘 그렇게 사과하고 있나, 하야시바라. 자네는 상사에게 보고, 연락, 상담하는 걸 잊지 않은 우수한 부하잖나, 좀 더 당당해지라고."

"……죄송한데요, 계장님. 부탁이니까 지금은 좀 입 다물고 가만히 있어주세요."

"아이고, 그러고 보니 미사키 선생님이 이쪽을 전혀 쳐다보지 않고 계시군요. 슬프네요. 우리 사이에."

이전에 미사키 젠에게 태연하게 독을 마시게 했으면서, 잘도 저런 소리를 하는구나. 아사히는 생각했다. 야마지가 미사키 젠에게 그런 짓을 한 게 그때가 처음은 아닐 것이다. 그런 일이 지금까지 몇 번이나 벌어졌다고 생각하면 아사히는 이 야마지라는 인간을 용서할 수 없었다.

"지금부터 인간 외의 존재가 인간에게 정체를 밝힐지도 모릅니다. 그런 위험한 상황, 아무리 미사키 선생님이 함께 있다고는 해도 하야시바라에게만 맡겨둘 수는 없으니까요. 이수계의 계장으로서 저도 지켜보겠습니다."

야마지가 원래도 가느다란 눈을 실처럼 더 가늘게 뜨며 말했다.

"이수계는 인간 외의 존재와 관련된 사건을 처리하기 위해서만 존재하는 것이 아닙니다. 인간 외의 존재에 대한 정보 확보도 우리의 업무 중 하나예요. 세나 씨, 원래 일반인에게는 알려져서는 안 되는 정보를 참 쉽게 공개하려고 하셨네요. 뭐, 이야기를 들어보면 그 나름대로 정상참작을 할 여지는 있습니다만."

야마지가 아사히를 보자 아사히는 몸이 굳었다. 온화한 미소를 짓는 듯 보여도 역시 야마지의 눈은 조금도 웃고 있지 않다.

미사키 젠이 시선을 돌린 채로 말했다.

"정체를 밝힐지 어떨지는 가나에 씨 자신이 정할 일입니다. 아직 어떻게 될지 몰라요. 게다가 정체를 밝힌 후에도 인간 외의 존재와 인간이 지금까지 그랬던 것처럼 관계를 계속 이어가는 일도, 전례가 없지는 않습니다."

"그렇죠. 지금까지 몇 커플이나 결혼까지 갔으니까요. 옛날 서적을 읽어보면 이류혼(異類婚)의 이야기는 얼마든지 있고. ―하지만 그렇게 잘 풀린 이야기도 아니죠. 과연 그 두 사람은 어떻게 될지 궁금하네요."

야마지는 마치 이 상황을 즐기는 듯이 말하며 양손을 비볐다.

그때 어느새 주방에 박혀 있던 다카라가 쟁반을 들고 돌아왔다.

"오래 기다렸죠. 자, 젠. 마침 괜찮은 옥로(일본의 차 종류)가 들어온 참이야. 마셔봐."

그렇게 말하고 다카라는 김이 펄펄 나는 향이 좋은 차를 미사키 젠 앞에 놓았다.

다카라가 권하는 대로, 입으로 잔을 가져간 미사키 젠이 한 모금 마시고 고개를 끄덕이며 말했다.

"확실히 향이 좋네요. 고맙습니다. 다카라 씨."

"우흐흐, 젠을 위해서 마음을 담아 우려냈어. 나츠키 쨩은 호지차를 좋아하지? 아사히 쨩은 말차라네."

다카라가 아사히와 나츠키 앞에도 각각의 음료를 놓아뒀다. 시오콘부(다시마를 조미액에 담가 건조시킨 것)가 들어 있는 작은 접시도 같이 내왔다.

마지막에 다카라는 야마지 앞에 유리잔을 놓으며 말했다.

"자, 드세요. 수돗물이에요."

"이런, 이런. 미네랄워터도 아니라니 놀랍네요."

"안심하세요. 제가 내는 거니까."

"수돗물 내놓고 돈 받으면 바가지 요금으로 잡혀 갑니다?"

야마지는 전혀 아랑곳하지 않고 나츠키 앞에 놓인 작은 접시에서 시오콘부를 하나 집어 들어 입에 넣었다.

잠시 후 아사히의 스마트폰이 진동했다. 가나에에게서 문자가 들어와 있었다. 슬슬 가게에 도착할 모양이다.

나츠키가 자리에서 일어났다.

"그럼, 나랑 계장님이랑 미사키는 건너편 자리에 앉아 있고, 아사히 짱은 아는 얼굴이니까 들키지 않게 이쪽 자리에 숨는 게 좋을 거야."

나츠키 일행은 미사키 젠 전용 좌석을 나와 제각각 자리를 잡았다.

얼마 후, 가게 문이 열리는 소리가 들렸다.

"……이 가게, 오늘 하는 거야? 밖에 임시휴업이라는 팻말 나와 있던데."

가도와키 히사시의 목소리가 들렸다. 그 말에 가나에는 아는 사람의 가게라고 설명하는 듯했다.

"어서 오세요! 이쪽으로 앉으세요!"

다카라가 두 사람을 자리에 안내하는 소리가 들렸다. 아사히는 숨어 있으라는 말을 들었지만, 너무 궁금해서 몸을 웅크리고 어둠 속에서 몰래 들여다봤다.

다카라가 두 사람을 안내한 자리는 나츠키와 야마지, 미사키 젠이 제각각 앉아 있는 좌석의 딱 정 가운데 부분에 위치해 있었다. 아사히는 왠지 이런 장면을 본 적 있는 듯했다. 그거다, 드라마나 영화에서 자주 나오는, 범인들이 거래하는 가게의 손님이 사실은 모두 변장한 형사였다는 설정이다. 나츠키와 다른 사람들도 일단 손님인 척하고 있다. 나츠키는 스마트폰을 만지고 있고, 야마지는 문고본의 페이지를 넘기고 있고, 미사키 젠은 내키지 않는 표정으로 창문 쪽을 향해 시선을 두고 있었다. 하지만 창에는 화선지로 만든 롤스크린이 내려져 있어서 밖은 보이지 않는다. 밖에서 가게 안의 모습을 볼 수 없게 하기 위해서다.

가나에는 과연 자신의 정체를 밝힐 것인가, 아니면 이별을 통보할 것인가는 아직 알 수 없다. 아사히 일행의 역할은 어디까지나 장소를 준비하고 무슨 일이 일어날 경우 수습하는 것이다.

가도와키 히사시와 가나에가 주문을 마치자 다카라가 음료를 가지고 왔다. 다카라는 그대로 안으로 들어가는 척하고 아사히처럼 뒤에서 두 사람을 지켜봤다.

가도와키가 입을 열었다.

"저기."

"으, 응?"

긴장한 모습으로 고개를 숙이고 있던 가나에가 어깨를 움찔하고 고개를 들었다.

가도와키 히사시는 순간 입을 다물었다가 이렇게 물었다.

"왜 오늘 기치조지에서 만나자고 했어? 엄청 먼데."

역시 거기에 제일 먼저 의문을 가지고 있었구나. 아사히가 숨은 채 머리를 감싸 쥐었다. 요코하마에 살고 있는 두 사람이 갑자기 기치조지에서 차를 마시는 건 좀 부자연스러웠던 것이다.

"아, 그건…… 저기, 와본 적 없으니까. 아는 사람이 한번쯤 와보라고 해서, 그래서……. 이, 이노카시라 공원 좋았지! 상점가에도 이런저런 가게가 있어서 재밌었고…….."

가나에가 필사적으로 얼버무렸다. 아사히는 뒤에서 힘내라고 마음속으로 성원을 보냈다. 아무래도 두 사람은 이 가게에 오기 전에 데이트 같은 걸 하고 온 모양이다.

"뭐, 이노카시라 공원은 나도 가본 적 없어서 즐겁긴 했는데. ……뭔가 기치조지라는 장소에 의미가 있는 건가 해서."

가도와키가 말했다. 작가의 상상력을 거기에서 부풀리면 안 된다고 아사히는 가도와키에게 마음속으로 사념을 보냈다. 지금은 어쨌든 조용히 가나에의 이야기를 들어주면 좋겠다.

"저기, 있잖아, 나 히사시한테 할 얘기가 있어."

가나에가 열심히 용기를 쥐어짠 듯 양어깨에 힘을 잔뜩 주며 말했다.

가도와키가 안경 너머로 가나에를 바라봤다.

"……뭐야?"

가나에는 그 눈동자를 마주 바라보다ㅡ 어떻게든 미소를 지으려던 얼굴이 갑자기 굳었다.

가나에가 하려던 말을 삼키듯이 입술을 꾹 다물었다. 대체 무슨 일이지?

그때 가나에와 가장 가까운 자리에 앉아 있던 미사키 젠이 가나에와 가도와키를 순서대로 쳐다보더니 눈을 내리깔았다. 어딘가 슬픈 표정을 보고 아사히는 깨달았다. —미사키 젠은 지금 가나에와 가도와키가 각자 어떤 생각을 하고 있는지 읽어낸 것이다.

아사히는 가도와키를 쳐다봤다. 가도와키는 가나에를 계속 쳐다보고 있다. 아사히는 미사키 젠처럼 사람의 마음을 읽는 능력 따위 없다. 그래도 왠지 알 것 같다. 가나에를 바라보는 가도와키의 눈동자에 깃든 것은 애정만이 아니다. 의심, 불안, 불신. 그런 빛을 띤 감정이 희미하게 보였다.

그리고 아사히가 알 정도라면 가나에는 더 잘 알고 있겠지. 가나에는 미사키 젠과 마찬가지로 인간 외의 존재니까.

가나에가 다시 고개를 숙였다. 방금 전까지 양어깨에 넘쳐 흐르던 용기가, 공기가 빠져 나간 듯 줄어든 모습이 눈에 보이는 듯했다. 그대로 가나에는 가도와키 쪽을 보지 않고 말했다.

"……저기, 히사시."

안 돼. 아사히는 생각했다.

하지만 가나에는 계속 말을 이었다.

"나, 비두에 돌아가려고 해."

가도와키가 안경 속에서 눈을 동그랗게 떴다.

"뭐……? 잠깐만. 뭔 소리야, 비두?"

"응, 말 안 했었나. 전에 살던 곳. 신세졌던 지인이 몸이 안 좋대. 그래서…… 돌아가려고 생각하고 있어."

아, 아사히는 아래를 내려다봤다. 안 된다. 가나에는 포기해버리고 말았다. 가도와키의 눈 안에 깃든 의심의 기색을 보고 자신이 없어진 것이다.

그게 아니라고 당장 가나에 옆으로 달려가 말하고 싶었다. 가나에의 손을 잡고 호소하고 싶다. 아니다, 가도와키는 이상한 의미로 가나에를 의심하고 있는 게 아니다. 가도와키는 순수하게 그날 밤 무슨 일이 벌어진 건지 의문을 품고 있는 것뿐이다. 그게 뭔지 몰라서 불안한 것이다. 가도와키 히사시가 물었다.

"그럼 언제 돌아오는 거야?"

"몰라. 당분간은 돌아오지 못할지도……."

"잠깐, 잠깐만. 그 말은."

가도와키가 테이블 위에 한쪽 손을 짚었다. 가나에는 점점 더 고개를 숙였다.

가도와키는 할 말을 찾는 듯 몇 번이나 입을 열었다가, 닫고 머리를 마구 헝클었다. 당장이라도 일어나려는 모습으로 한 번 엉덩이를 뗐다가, 다시 털썩 주저앉아서 한숨을 쉬었다.

"저기, 그 말은…… 헤어지자는 얘기야?"

가나에는 대답하지 않았다.

가도와키의 눈동자 속에서 이런저런 감정이 빙글빙글 소용돌이쳤다. 그대로 기세 좋게 터져 나올 것 같던 그 감정들이 그저 단 한 마디 말로 집약되어 가도와키의 입에서 나왔다.

"―그날 밤 때문이야?"

가나에의 어깨에 다시 힘이 들어갔지만 방금 전 용기를 낸 것과는 전혀 다른 힘이었다. 가도와키는 몸이 굳은 가나에에게 말했다.

"내가 그날 밤 봐선 안 되는 걸 본 거야? 그래서 헤어지자는 거야? ……저기, 그럼 가르쳐줘. 내가 그날 밤 본 게 뭐였는지. 넌― 넌 대체 누구야?"

"나, 나는……."

가나에가 입을 열었다. 떨리는 목소리가 말이 나오려는 걸 방해했다. 반대편 자리에서 문고본을 읽는 척을 하던 야마지가 눈을 들어 지그시 가나에를 바라보았다. 나츠키가 스마트폰을 만지던 손을 멈추고, 미사키 젠도 다시 가나에에게 시선을 돌렸다.

가도와키 히사시가 말했다.

"알고 싶어, 가나에. 나는…… 네가 좋으니까."

가도와키의 말에 가나에가 무심코 고개를 들어 눈물이 맺힌 눈을 크게 뜨고 가도와키를 바라봤다.

"히사시……."

아마도 그때 가나에는 가도와키의 눈 속에서 자신을 향한 분명한 애정을 봤을 것이다. 그렇다, 이게 〈더 리틀 머메이드〉였다면, 왕자가 주인공에게 키스하고 해피엔딩으로 끝났을 것이다.

하지만.

"……안 돼."

가나에가 눈을 감고 희미한 목소리로 그렇게 중얼거렸다.

"아마도 히사시는 모르는 게 좋을 거야. 부탁이야, 이대로 헤어지자."

가나에가 갑자기 자리에서 일어나 그대로 가게 밖으로 나가려고
했다.

가도와키가 서둘러 자리에서 일어나 가나에 뒤를 쫓았다.

"가나에!"

가도와키의 손이 가나에의 손목을 붙잡고 그대로 잡아끌었다.
뒤돌아본 가나에는 그 손을 뿌리치려고 했지만, 가도와키는 허락
하지 않았다. 그리고.

큰일이다. 아사히는 생각했다.

가나에의 목덜미에 순식간에 빨간 선이 나타났다. 야마지가 문
고본을 내려놓고 나츠키는 스마트폰을 내려놓았다. 미사키 젠이
조용히 자리에서 일어났다. 거의 패닉 상태가 된 가나에가 울면
서 가도와키의 손을 뿌리치려고 하고 있다. 머리끈이 풀려서 긴 머
리카락이 흐트러져 공중에 흩날렸다. 그래도 가도와키는 가나에
를 놓아주지 않았다. 가나에의 목에 그어진 빨간 선이 결국 한 바
퀴 돌아서 ― 고개를 가로젓듯 흔들리는 머리가 몸에서 떨어져 나
갔다.

"가나에 씨, 안 돼!"

무심코 소리를 질렀다.

늦었다.

가도와키의 목에서 당황한 목소리가 흘러나왔다. 그런 가도와키
에게 가나에가, 가나에의 몸이 마치 마네킹처럼 쓰러졌다. 가도와
키는 반사적으로 가나에를 받아 안았다. 하지만 시선은 가나에의

몸이 아닌 머리 쪽에 박혀 있었다.

가나에의 머리는 공중에 떠 있는 채였다.

공중에 떠 있는 채, 가도와키를 계속 바라보고 있었다. 눈물이 뺨을 타고 흘러서 그대로 아무런 장애물 없이 바닥을 향해 곧바로 떨어졌다.

"히사시."

가나에가 가도와키의 이름을 불렀다.

가도와키가 가나에의 몸을 안은 채로 입을 열었다.

그 입에서— 비명이 터져 나왔다.

"으…… 으아아아아아아악!"

가나에의 눈이 커졌다.

가나에의 머리가 긴 머리카락을 휘날리며 공중에서 방향을 바꿔 기세 좋게 가게의 출구를 향해 날아갔다. 문에 부딪히기 직전, 옆에서 뻗어 나온 하얀 손이 가나에의 머리를 붙잡았다. 미사키 젠이었다. 그대로 미사키 젠은 폭주하는 가나에의 머리를 자신의 품에 꾹 눌러 안았다. 싫어, 놔줘. 가나에가 소리치는 게 들렸다.

"가, 가도와키 선생님! 가도와키 선생님, 진정하세요!"

아사히는 가도와키에게 달려갔다. 이미 숨을 필요가 없어졌다. 가도와키는 여전히 비명을 지르며 목이 없는 가나에의 몸을 밀쳐 냈다. 나츠키가 테이블에 부딪히고 바닥에 쓰러진 가나에의 몸을 안아 올려서 안쪽으로 옮겨 놓았다. 미사키 젠이 울부짖는 가나에의 머리를 끌어안은 채, 그 뒤를 따랐다. 다카라도 걱정스러운 표정으로 그쪽을 향했다.

아사히는 가도와키의 양팔을 붙잡고 흔들었다.

"가도와키 선생님, 가도와키 선생님! 정신 차리세요. 진정하세요!"

"아아, 아아아악, 으아아아아악!"

가도와키 히사시는 여전히 소리를 지르고 있었다. 가나에의 몸도 머리도 그곳에 없는데 주변을 필사적으로 둘러봤다. 아사히는 보이지 않는 모양이었다.

그때였다.

가도와키의 머리를 막대기 같은 뭔가가 눌렀다. 작은 분사음이 들리고 갑자기 가도와키의 몸에서 힘이 빠져나갔다.

야마지였다. 그대로 가도와키의 몸을 안아 들고 근처 의자에 앉혔다.

"야…… 야마지 씨? 우리 작가 선생님께 무슨 짓이에요?"

"진정시키는 약을 조금 뿌렸습니다. 아, 괜찮습니다. 이 약 때문에 드물게 쇼크 상태가 되는 사람도 있지만, 정말로 극히 드문 경우니까요."

"드물다니요……. 그런 약을 그렇게 쉽게 사용하지 말아주세요."

"어쩔 수 없잖아요. 패닉 상태인 인간은 주변사람들에게도 본인에게도 뜻밖의 위해를 끼치는 존재니까요. 다치는 건 싫잖아요?"

가도와키는 아무래도 완전히 의식을 잃은 듯했다. 의자 등받이에 온몸을 맡기고 늘어진 채 초점 없는 눈은 공중에 향해 있었다.

"딱히 거품을 문 것도 아니고, 이 작가 선생은 괜찮습니다. 그보다 세나 씨, 저쪽을 좀 보고 와주시겠습니까?"

저쪽이라는 건 가나에가 있는 쪽이었다.

가도와키를 이대로 놔두고 가기는 불안하지만, 그래도 가나에가 신경 쓰였다. 가게 안쪽에서 가나에의 울음소리가 들렸다.

그쪽을 보며 야마지가 말했다.

"세나 씨, 저건 세나 씨 탓입니다."

아사히는 깜짝 놀라서 야마지를 돌아봤다.

야마지는 늘 그랬듯 가면 같은 미소를 얼굴에 붙이고 아사히를 바라봤다.

"세나 씨가 가나에 씨를 부채질했죠? 정체를 밝히는 게 좋겠다고. 사랑하기만 하면 괜찮다고 생각했나요? 현실은 그렇게 만만하지 않아요. 가나에 씨 쪽은 그래도 알고 있었던 모양이지만. ─자, 보고 오세요. 이게 현실이라는 걸."

야마지가 아사히 등을 쓱 밀었다.

아사히는 야마지에게 등이 떠밀려 가게 안으로 걸음을 옮겼다. 다가갈수록 가나에의 울음소리가 더 커졌다. 아사히가 발을 머뭇거렸는데도 야마지가 다시 아사히의 등을 떠밀었다.

가게 안, 미사키 젠 전용인 그 자리에 가나에가 있었다. 몸은 의자에 옆으로 뉘여 있었고, 맞은편 자리에 다카라가 가나에의 머리를 무릎에 올리고 앉아 있다. 다카라가 격렬하게 흐느껴 울고 있는 가나에의 머리를 상냥하게 쓰다듬으며 말했다.

"불쌍해라, 불쌍해. 가나에 짱, 괜찮아, 울어도 돼."

가나에가 울면서 뭔가 말하고 있다. 울음 섞인 그 목소리는 거의 알아들을 수 없었지만 내가 잘못했어, 이제 돌아갈래, 라는 말을 반복하고 있다는 건 알 수 있었다. 산으로 돌아갈 거야, 라고, 사람이 사는 마을에는 오지 않는 게 좋았다고. 그 모습을 보며 아사히는 마음이 찢어질 듯한 통증을 느꼈다.

야마지는 이건 아사히가 초래한 일이라고 말했다.

그 말대로다. 아사히는 생각했다.

아사히가 그런 말을 하지 않았다면 두 사람은 조금 더 낫게, 조금 더 적게 상처받고 끝났을지도 모른다. 가나에는 가도와키와 이야기를 나누지 않은 채 몰래 몸을 숨기고 가도와키의 그런 목소리를 들을 일도, 그런 얼굴을 볼 일도 없었을지도 모른다.

다카라가 가나에의 머리를 살며시 끌어안았다.

"……가나에 짱, 사람이 사는 마을에 내려오지 않았다면 좋았을 거라고 생각했어? 인간 따위 사랑하지 않았다면 좋았을 거라고 생각해? 근데 말이야, 이것만 알아둬. 가나에 짱 잘못이 아니야. 아니, 누구의 잘못도 아니야."

다카라는 몇 번이나 가나에의 머리를 쓰다듬으며 달래듯이 말했다.

"어쩔 수 없어. 우리는 결국 인간을 좋아하게 되잖아. 인간들이란 정말로 바보 같고 아무것도 못 하는 주제에 잘난 척하지만, 그래도 사랑스럽지. 좋아하게 돼버려. 하지만 인간들은 우리 같은 게 자기들 옆에서 살고 있는 줄은 꿈에도 모르잖아. 그러니까 사실을 알게 되면 놀라버리는 거야. 히사시도 놀랐을 뿐이야. 너무, 너무 놀랐을 뿐이야—."

나츠키도 미사키 젠도 아무 말도 하지 않고 곁에 서서 그런 다카라와 가나에를 바라보고 있었다.

두 사람은 알고 있었을지도 모른다. 이렇게 될 것이라고.

"그럼, 미사키 선생님은 슬슬 저쪽 수습을 부탁드리겠습니다."

야마지가 말하자 미사키 젠이 천천히 야마지를 돌아봤다.

야마지는 웃는 얼굴로 가도와키 히사시가 있는 쪽을 가리켰다.

"저 작가 선생을 저대로 둘 수는 없잖아요. 마침 마취도 잘 들어 갔고, 살짝 암시만 해도 괜찮을 것 같습니다. 자, 늘 했던 것처럼 부탁드립니다, 미사키 선생님."

미사키 젠은 아무 말 없이 야마지를 노려봤다. 한번 자신의 발밑에 시선을 떨구고 슬쩍 가나에를 쳐다본 후, 가도와키 히사시 쪽으로 걸어갔다. 야마지가 그 뒤를 따랐다.

아사히도 서둘러 두 사람을 쫓아갔다.

"무, 무슨 짓을 시키는 거예요? 미사키 선생님한테!"

"무슨 짓이라뇨? 최면술이잖아요. 저 작가 선생의 기억을 지워 야죠."

야마지가 태연하게 대답했다. 아사히는 숨을 삼켰다.

"연인의 머리통이 빠진 걸 보다니, 꽤 충격적이잖아요? 잘못하면 그게 원인이 돼서 정신병에 걸린다고 해도 이상하지 않습니다. 게다가 주변에 말하고 다니면 곤란하니까요. 미사키 선생님의 힘으로 아예 전부 없었던 일로 하는 게 좋습니다."

"없었던 일로 하다니⋯⋯."

최면술은 뱀파이어가 가진 특수능력 중 하나다. 아사히도 미사키 젠이 상대방의 기억을 지우는 걸 이전에 본 적이 있다.

하지만 전부 없었던 일로 한다는 건……. 그 말은 그러니까…….

미사키 젠이 가도와키 옆에 앉아 그의 어깨에 손을 올리고 자신 쪽을 향하게 했다.

가도와키 히사시는 아직 꽤 멍해 보였다. 반쯤 꿈꾸고 있는 듯한 눈동자가 미사키 젠을 향하고 고개가 잠들기 직전처럼 기울어졌다. 미사키 젠의 손이 가도와키의 볼을 떠받쳤다.

그대로 미사키 젠은 가도와키의 눈동자를 들여다본다. 밝은 잿빛을 한 미사키 젠의 눈동자가 붉게 빛난다.

"안녕하세요, 가도와키 히사시 씨. 제 목소리가 들리나요?"

가도와키가 잠꼬대를 하는 목소리로 중얼거렸다.

"……누구?"

"아무도 아닙니다. 적어도 당신에게는. 자, 가도와키 히사시 씨, 당신에게 묻고 싶은 게 있습니다."

"……뭐지?"

"당신은 그녀를 잊어버리고 싶은가요?"

미사키 젠이 물었다. 가도와키의 어깨가 움찔 떨렸다.

미사키 젠이 가도와키의 눈동자를 가까이에서 바라보며 말했다.

"노, 라고 하면 당신은 나에 대해서만 잊습니다. 예스, 라고 하면 당신은 나와 그녀 둘 다 잊습니다. ……자, 어떻게 하시겠습니까?"

아직 진정제 효과가 남아 있을 텐데도 가도와키는 마치 완전히 제정신으로 돌아온 듯이 똑바로 미사키 젠을 바라봤다. 미사키 젠이 떠받치고 있는 볼이, 어깨가, 미세하게 떨리고 있는 게 보였다.

가도와키 히사시가 예스라고 말하면 미사키 젠은 그의 기억에서 가나에에 관한 모든 기억을 지우겠지. 처음 만난 기억도, 처음 말을 걸었을 때의 일도, 말하지 않았던 것도, 전부 다.

그렇게 하는 게 그의 행복을 위한 길일지도 모른다.

하지만. 아사히는 비통한 기분으로 가도와키 히사시를 바라보았다.

하지만 그렇다면 그녀를 사랑하는 그의 마음은 어디로 가는 걸까.

가도와키는 귀까지 빨개지면서 아사히에게 가나에가 얼마나 멋진 사람인지 얘기해줬다. 가도와키가 얼마나 가나에를 좋아하는지 듣는 사람이 더 쑥스러울 만큼 그 마음이 전해졌다. 그게 전부 없었던 일이 된다니.

가게 안쪽에서는 아직 가나에의 흐느끼는 소리가 들렸다. 그 소리를 들으며 아사히는 기도하는 마음으로 양손을 꼭 쥐었다. 부디 노라고 말해줬으면 좋겠다. 그리고 울고 있는 가나에에게 걸어가서 아까는 미안했다고, 놀란 것뿐이라고 말해줬으면 좋겠다. 그리고 두 사람은 키스하고, 결혼해서 행복하게 잘 사는 것이다.

그때였다.

가도와키 히사시의 입에서 희미한 목소리가 흘러나왔다.

"……."

정말로 작고 갈라질 대로 갈라진 목소리였다.

하지만 분명 들렸다.

—예스라고.

전부 끝이 났다.

야마지는 이번에야말로 완전히 의식을 잃은 가도와키 히사시의 주머니를 멋대로 뒤져서 스마트폰을 꺼냈다. 안에는 가나에가 보낸 메시지와 사진이 들어 있을 테니 지운 후에 분실물인 것처럼 꾸며서 가도와키에게 돌려주겠다고 했다. 그렇다면 가도와키의 방이나 컴퓨터에도 같은 게 잔뜩 있을 것 같은데 그건 그냥 둔다는 것일까. 아니, 야마지라면 다른 쪽으로 손을 써서 그쪽도 지울 것 같다. 완전히 불법이지만.

"그럼 하야시바라, 나머지는 자네에게 맡기겠네. 전부 끝나면 보고서 올려."

야마지는 그렇게 말하고 혼자서 먼저 가게를 나갔다.

나츠키는 지켜보고 나서 머리를 긁었다.

"나한테 맡긴다고 해도 말이지······. 어떻게 해야 할까. 일단 가도와키 선생님은 나중에 집까지 데려다주기로 하고, 가나에 짱은······."

"가나에 씨라면 오늘 밤은 다카라가 맡아주겠다고 하네요."

"그렇군. 다카라 짱이라면 안심이야."

아사히는 의식이 없는 가도와키 옆에 앉아서 나츠키와 미사키 젠의 이야기를 듣고 있었다.

사라지고 싶은 기분이었다. 울고 싶었지만, 자신에게 울 권리가 있다고는 생각하지 않는다.

당신 탓이야, 라고 했던 야마지의 말이 가슴 깊은 곳을 찔렀다.

"아사히 짱."

아사히는 나츠키가 이름을 부르는 소리에 고개를 들었다.

나츠키는 다정한 얼굴로 아사히를 내려다보고 있었다. 나츠키는 늘 정말 다정하다.

"저기, 아사히 쨩이 신경 쓸 일이 아니야. 아사히 쨩이 관여했든 하지 않았든…… 아마도 결과는 크게 다르지 않았을 테니까."

아사히는 눈물이 흐를 것 같아서 얼른 시선을 아래로 향했다. 나츠키가 그런 아사히의 머리를 가볍게 토닥이듯이 쓰다듬었다. 그리고 가나에와 다카라가 있는 안쪽 자리로 걸어갔다.

끼익 하고 작은 소리가 들려서 아사히는 다시 얼굴을 들었다.

미사키 젠이 아사히의 맞은편 자리에 앉는 소리였다.

"세나 씨."

미사키 젠이 입을 열었다.

"야마지 씨가 한 말은 잊으세요. 기억할 가치도 없는 말입니다. 오히려 야마지 씨라는 존재 그 자체를 잊어버리는 게 좋을 정도예요."

"선생님, 하지만 제가……."

"가나에 씨는 이렇게 될 거라고 처음부터 알고 있었습니다. 그러니까 스스로 헤어지자는 말을 꺼낸 거예요. ……누구나 아리엘이 될 수 있는 건 아닙니다. 사람과 사람이 아닌 존재의 사랑은 그렇게 쉽게 이루어지지 않아요."

―그리고 두 사람은 영원히 행복하게 살았습니다. 미사키 젠은 원래의 동화에도 없었던 결말을 만들어낸 그 재미있는 영화처럼은 어차피 되지 않았을 거라고 말했다.

모두 알고 있었다. 아사히만 빼고.

하지만, 하지만 그렇다면.

아사히는 무심코 한쪽 손으로 가슴을 움켜쥐었다. 쿵 하고 자기 심장의 고동소리가 괜히 더 크게 울리는 기분이 들었다. 그때 가나에의 집에서, 해서는 안 된다고 뚜껑을 닫아버렸던 그 생각이 다시 가슴속에서 부풀기 시작했다. 안 된다. 아사히는 지금이라도 뚜껑이 열려서 흘러넘칠 것 같은 그 생각을 필사적으로 막으려고 했지만 막으려고 하면 할수록 점점 더 크게 부풀어갔다. 그리고 결국 의식의 표층까지 올라와버렸다.

사람과 사람이 아닌 존재의 사랑은 그렇게 쉽게 이루어지지 않는다.

─그렇다면 미사키 젠은 어떨까.

언젠가 미사키 젠이 운명의 연인과 재회한다면 그녀는 미사키 젠을 사랑해줄 것인가. 받아들여줄 것인가.

사람이 아닌 그를.

뱀파이어인 미사키 젠을.

……안 된다. 이 이상 생각하지 마. 아사히는 떠올려버린 생각을 서둘러 다시 마음 깊은 곳에 숨기고 슬쩍 미사키 젠을 들여다봤다. 그는 눈치챘을까. 아사히가 무슨 생각을 하는지.

미사키 젠은 아사히를 바라보고 있었다.

아무 말도 하지 않은 채 그저 상냥하고 슬픈 눈동자로.

─아마도 들켰으리라고. 아사히는 생각했다.

제3장 도플갱어 사건

—— 그래도 절대
양보할 수 없는 게 있다

가나에는 그 후 요코하마의 아파트를 정리했다.

그리고 다카라의 가게 주방에서 일하기로 했다. 새로운 집도 다카라가 가게 근처에 준비해준 모양이다.

"마침 주방 직원이 한 명 그만둬서 내가 부탁한 거야. 가나에 짱 정말 요리 잘하더라고. 덕분에 살았어."

미사키 젠의 집까지 일부러 보고하러 찾아온 다카라는 그날 아사히가 미사키 젠의 집에 올 것이라는 사실을 미리 알고 있었는지도 모른다. 다카라는 미팅하는데 방해해서 미안하다고 말하면서 잠깐 동안 가나에의 근황을 얘기하고 돌아갔다.

"가나에 짱, 표정이 엄청 밝아졌어. 저기 말이야, 직업이 있다는 건 정말 좋은 거야. 매일 누군가를 만나고 뭔가 할 일이 있으면 슬픈 생각 따위는 들지 않으니까. 아사히 짱도, 젠도 나츠키 짱도 적당한 때에 가게에 놀러 와줄래? 가나에 짱이 생각해낸 신메뉴인 디저트를 내가 쏠 테니까. 꽤 인기 있어!"

다카라도 다정한 사람이다. ……다들 다정하다. 정말로.

미사키 젠 말로는 가나에는 인간사회에서 살아가기 위한 경험이 부족하다고 했다. 하지만 다카라 옆에 있으면 안심이다. 다카라는 아주 오랜 세월 살아온 여우다. 인간사회에서 사는 법에도 통달했다. 분명 가나에에게 여러 가지를 가르쳐줄 것이다.

가도와키 히사시에 대해서는 아사히가 미사키 젠에게 그 후의 경과를 보고했다.

아사히는 그날 이후 내심 조마조마하며 가도와키에게 연락하고, 직접 만나서 근황을 물어봤다. 건강은 어떤지, 별일은 없는지. 가도와키는 질문에 의아해했지만, 딱히 문제는 없다고 대답했다. 지금까지 그랬던 것처럼 대학원에 다니면서 집필 활동도 무사히 재개했다.

"죄송해요. 뭔가 저도 왜인지 잘 모르겠는데 작업 중인 원고가 완전 꽝이라서……. 내가 대체 뭘 했던 건지. 전부 다시 쓸 거라서 시간이 걸릴지도 모르겠지만 최대한 빨리 드릴게요."

가도와키가 씩씩하게 원고를 쓰고 있다면 정말로 기쁜 일이지만, 하지만 아사히는 그때 가도와키의 눈을 제대로 쳐다보지 못했다.

야마지를 뺀 모두가 아사히 탓이 아니라고 말했다. 다카라 말로는 가나에도 지금은 아사히를 만나고 싶어 한다고 한다.

하지만 다들 아무리 상냥하게 말해줘도 아사히 자신이 이미 알고 있었다. 자신은 되돌릴 수 없는 짓을 저질렀다는 사실을.

가나에를 상처 입히고, 가도와키의 기억과 사랑을 빼앗아버렸다.

하지만 그렇다면 자신은 대체 어떻게 해야 했던 것일까. 그때 가도와키를 그대로 놔둘 수는 없었다. 좀 더 좋은 방법이 있었던 건 아닐까 생각하는 한편, 아사히의 머리에는 그 좋은 방법이라는 게 하나도 떠오르지 않았다.

미사키 젠의 집필 활동에 대해 말하자면 역시 전혀 진전이 없다. 어느 정도 진척됐는지 물어도 미사키 젠은 얼버무린다.

마음이 움직이면, 무언가를 사랑스럽다고 생각하게 되면 미사키 젠은 소설을 쓸 수 있으리라고 오하시는 말했다.

아사히가 한 짓은 완전 반대되는 짓일지도 모른다.

무엇보다 안 그래도 글 쓰는 의미도 살아갈 의미도 잃어가고 있을지 모르는 미사키 젠 옆에서 그의 사랑이 결실을 맺지 못할지 모른다고 생각해버린 것이다. 게다가 그가 실제 예시까지 보게 했다. 최악이다. 너무 최악이다.

그래도 일상은 흘러간다. 살아가는 이상, 회사에 다니는 이상, 할 일은 매일 쌓여간다. 다카라의 말대로다. 매일 누군가와 만나고 무언가 할 일이 있다면 슬픈 일 따위 생각할 여유가 없다. 바쁘다는 건 이럴 때 조금은 구원이 된다.

하지만 아사히는 머릿속 한구석에서 줄곧 생각했다.

대체 어떻게 하면 좋았을까.

그리고 앞으로 어떻게 하면 좋을까.

전혀 답을 찾지 못한 채, 시간은 흘러갔다. 이윽고 10월이 끝나고 11월이 시작됐다. 가도와키에게 원고는 순조롭게 진행된다는 소식이 왔고, 미사키 젠에게서는 반가운 소식이 오지 않았다.

그러던 어느 날이었다.

"……말도 안 돼!"

아사히는 미팅을 마치고 편집부로 돌아와 스케줄 수첩을 보고는 경악하며 자기도 모르게 자리에서 일어났다.

옆에 앉은 다카야마가 돌아봤다.

"아사히, 왜 그래? 그런 이상한 목소리로."

"다, 다카야마 씨, 저…… 나나세 마리나 선생님이랑 미팅 있었는데 까먹었어요!"

"뭐?"

그날은 계속 정신이 없었다. 편집회의 후에 바로 디자이너 사무실에 가서 다음에 나올 책의 장정에 대해 의논한 다음 작가 미팅이 연속으로 있었고, 다른 잡다한 용무를 정리하고 스케줄 수첩을 보는데 '저녁 6시 반, 나나세 마리나 선생님과 플롯 미팅, 본사 빌딩'이라고 적혀 있었다. 지금 시각은 밤 8시에 가깝다. 말도 안 된다. 스스로를 믿을 수가 없다.

"아사히, 일단 얼른 나나세 선생님한테 연락해!"

"네!"

아사히는 다카야마의 말에 스마트폰을 꺼냈다. 나나세 마리나는 겸업 작가다. 낮에는 평범하게 회사에서 일하는 직장인이다. 그래서 미팅할 수 있는 시간도 한정돼 있다. 일단 사죄해야 한다. 그리고 다시 한 번 미팅 스케줄을 잡아야 한다.

그때 아사히 뒤에 앉은 같은 편집부 사하시 모토야가 돌아봤다.

"잠깐만. 그 미팅 몇 시였어?"

"저녁 6시 반……이오."

"아, 그럼 나나세 선생님도 잊어버린 거 아니야? 미팅인 거."

사하시의 말에 아사히는 고개를 갸웃했다.

"무슨 말씀이세요?"

"내가 6시부터 계속 편집부에 있었으니까. 접수부에서 나나세 선생님이 왔다는 전화는 오지 않았어. 그러니까 나나세 선생님은 안 왔던 거야."

"아……."

보통 미팅하러 출판사에 오는 작가는 접수부에서 편집부를 호출한다. 그때 접수부는 편집부의 대표전화로 전화를 건다. 그 전화가 없었다는 건 나나세 마리나는 오늘 기오사에 오지 않았다는 얘기다.

그렇다고 해도 나나세 마리나에게 연락해야 하는 건 변함이 없다.

아사히는 나나세 마리나에게 전화를 걸었다.

"아, 저기 수고가 많으십니다. 기오사의 세나입니다……."

[아, 세나 씨, 아까는 정말 고마웠어요!]

반가워하는 목소리가 들렸다.

아사히는 깜짝 놀라서 무심코 스마트폰의 화면을 확인했다. 액정에 표시된 이름은 분명 '나나세 마리나'다. 목소리도 틀림없이 그 사람이다. 하지만 '아까는'이라니. 무슨 뜻일까. 마치 방금 만난 듯한 말투다.

나나세 마리나는 밝은 목소리로 말을 계속했다.

[정말로 덕분에 살았어요. 계속 고민하고 있었는데 세나 씨 덕분에 전부 해결됐어요. 이제 오늘 밤부터 열심히 쓸 수 있을 거 같아요!]

"나, 나나세 선생님?"

[네, 왜 그러세요? 뭐 할 말 있으세요?]

"저, 나나세 선생님이랑 오늘…… 만났나요?"

[네?]

나나세 마리나가 전화 너머에서 침묵한다.

잠시 후, 큰 소리로 웃는 목소리가 들렸다.

[아, 뭐야, 무슨 소리 하는 거예요! 방금 전에 헤어졌잖아요!]

"아, 저기…… 우리가 어디서 미팅했나요?"

[정말, 농담하는 거예요? 역 근처 스타벅스에 같이 들어갔잖아요! 제가 접수부에서 세나 씨를 불러달라고 하려는데 세나 씨가 뒤에서 말을 걸어서 미팅은 밖에서 하자고 했잖아요.]

얘기를 들어봐도 아사히는 그런 기억이 전혀 없다. 그보다 그 시간에 아사히는 다른 장소에 있었다.

[뭔가 세나 씨가 평소랑 좀 느낌이 다르다고 할까, 평소보다 직설적으로 지적해주니까 나도 여러 가지로 눈이 뜨인 기분이 들어서. 왜, 세나 씨는 평소에는 나를 신경 쓰느라고 말투를 부드럽게 하잖아요. 근데 나는 좀 더 확실하게 아닌 부분은 아니라고 말해주는 편이 더 이해하기 쉽다고 전부터 생각했거든.]

"그랬나요……. 딱 집어서…… 확실하게요……."

그런 불만이 있는지 몰랐다. 다음부터는 주의해야겠다고 생각했다.

그런데— 나나세 마리나에게 딱 집어서 확실하게 지적한 건 대체 누구일까.

[어? 잠깐만, 세나 씨……. 혹시 피곤해요? 괜찮아요?]

결국 나나세 마리나가 아사히를 걱정하기 시작했다.

아사히는 얼른 수습했다.

"아, 아뇨. 죄송해요! 뭔가 좀…… 착각했어요. 죄송합니다!"

아사히는 대충 얼버무리고 전화를 끊었다. 다카야마가 그대로 머리를 끌어안은 아사히를 걱정스러운 표정으로 들여다봤다.

"아사히 짱? 뭐야, 대체 왜 그래? 나나세 선생님은?"

"……이미 저랑 미팅한 모양이에요."

"뭐?"

다카야마가 무슨 소리인지 모르겠다는 표정을 지었다.

아사히도 전혀 모르겠다.

컴퓨터 메일 화면을 켜서 전에 나나세 마리나가 보낸 메일을 다시 열어봤다. 이전 책으로 시리즈를 끝낸 나나세 마리나에게 이번에는 신작을 의뢰했다. 하지만 플롯을 받아보니 본인도 내용에 납득하지 못한 느낌이 들어서 한번 직접 만나서 미팅하는 편이 좋겠다고 했던 건데.

솔직히 아사히도 플롯을 어떻게 고치면 좋을지 아직 정하지 못하고 있었다. 나나세 마리나는 한번 스스로 전부 납득하지 않으면 쓰지 못하는 타입의 작가다. 캐릭터를 조금 정리하고 결말을 좀 손보면 될까, 아니면 아예 전혀 다른 플롯을 생각하는 편이 좋을까. 어쨌든 나나세 마리나에게 직접 이야기를 듣고 같이 생각하려고 했다. 어쩌면 한 번 이야기하는 정도로는 결론이 나지 않을지도 모른다고 각오했을 정도였다.

그런데 오늘 나나세 마리나와 얘기한 아사히는 딱 집어서 확실하게 모든 문제를 정리한 것 같다.

'뭔가 세나 씨, 평소랑 좀 느낌이 다르다고 할까.' 나나세 마리나는 그렇게 말했다.

당연하다. 그건 아사히가 아니니까.

무슨 일이 일어나고 있는 걸까. 나나세 마리나는 누구와 이야기 한 걸까.

마치 이 세계에 세나 아사히라는 인물이 한 사람 더 출현한 것 같았다.

나나세 마리나는 오늘 만난 아사히가 평소보다 더 좋았다고 말했다.

다른 아사히 쪽이 — 더 잘하고 있는 것이다.

마음의 표면을 날카로운 가시로 긁히는 듯한 기분이 들었다. 등줄기에 한기가 느껴졌다.

"잠깐, 아사히, 안색이 안 좋은데. 괜찮아?"

"괜찮아……요."

사실은 전혀 괜찮지 않았다.

어딘가에 또 다른 내가 있다.

책이나 영화에 자주 나오는 얘기다. 도플갱어. 또 다른 분신. 원래는 자기가 자신의 모습을 보는 환각을 일컫는 말이었다고 한다. 링컨이나 아쿠타가와 류노스케(芥川龍之介. 일본 다이쇼 시대를 대표하는 소설가)가 자신의 환상을 봤다는 얘기는 유명하다. 하지만 픽션의 세계에서 다뤄질 때는 심리학적 용어보다 일종의 초현실적 현상으로 다뤄지는 경우가 많다. 환상이 아니라, 육체를 동반하는 또 다른 한 사람의 자신이 나타나는 것이다.

아사히도 그런 주제의 영화를 몇 편인가 본 적이 있다. 〈에너미〉, 〈더블:달콤한 악몽〉, 〈도플갱어〉. 전부 비교적 해석하기 어렵고, 사실은 분신이 아니라 이중인격 아닌가 하는 생각을 하게 하거나, 초현실적 내용이 있는가 하면, 마지막에 살아남은 게 분신인지 오리지널인지 알 수 없게 되는 내용도 있었다.

다만 어느 영화나 공통된 점은, 다른 한 명의 자신이 자신과 겉모습은 쏙 빼닮았으면서도 내면이나 형편이 다르다는 점이다. 그건 즉, 일종의 소망일지도 모른다. 지금과는 다른 인생을 동경하는 마음이 그런 분신을 낳는 것이다.

요즘 아사히 주변에서 일어나는 일은 그에 가까운 것은 아닐까.

나나세 마리나의 일이 일어난 후로, 주변에서 자신과 쏙 빼닮은 사람에 대한 목격담이 계속 들려왔다.

마츠리에게서 라인 메시지가 왔다.

[저기, 오늘 신주쿠에 있었어?]

물론 아니었다.

담당 작가 중 한 사람은 이런 문자를 보내왔다.

[그러고 보니, 어젯밤 세나 씨를 시나가와 역에서 봤어요. 말 걸었는데 못 들었나 봐요?]

물론 시나가와 역에는 가지 않았다.

기오사의 다른 부서 사람과 같은 편집부 사람들까지 "어? 아까 빌딩 아래서 만났지?"라든가 "아까 역에 있지 않았어?"라고 말하기에 이르러서야 아사히는 본격적으로 이상사태라는 것을 인정했다.

애초에 아사히는 다른 사람으로 자주 오해받는 타입의 인간이다. 전혀 모르는 사람이 역에서 어깨를 두드리며 반갑다고 말을 걸어온 게 한두 번이 아니다.

하지만 아무리 그래도 이건 이상하다. 도플갱어인지 빼닮은 사람인지 모르겠지만, 자신과 같은 얼굴의 인간이 한 명 더 존재한다는 건 분명하다.

아니, 어쩌면.

같은 얼굴의 '인간'이라고 단정 지을 수는 없지 않은가.

여기까지 와서야 겨우, 아사히는 다른 가능성을 생각했다.

보통이라면 있을 수 없는 일이 일어나고 있다. 그건 즉, 인간이 아닌 존재가 관련되었을 가능성도 있지 않을까.

예를 들어 모습을 바꾸는 능력을 가진 인간 외의 존재가 아사히로 변신했다든가.

하지만 모르겠다. 왜 아사히로 변신할 필요가 있는 걸까. 전에 만났던 너구리인 고구레는 죽은 사람의 가족을 위해서 변신했다. 하지만 아사히로 변신해서 이리저리 돌아다닌다고 해서 무슨 의미가 있는 걸까. 이왕이면 좀 더 예쁜 사람으로 변신하면 좋을 텐데.

미사키 젠에게 상담해야 할까?

시계를 봤다. 시각은 저녁 7시. 미사키 젠이 일어나 있을 시간이다. 아마도 전화하면 받을 것이다. 오늘 꼭 해야 하는 일은 전부 끝났다. 아사히는 돌아갈 준비를 하고 편집부를 나섰다. 빌딩 밖으로 나가서 스마트폰을 꺼냈다.

아사히는 스마트폰 연락처 복복을 열었다가, 손을 한 번 멈췄다.

가나에 사건 이후에 미사키 젠과 얼굴을 마주하는 게 껄끄러워서 이전만큼 빈번하게 미사키 젠의 집에 가지 않게 됐다. 소설의 진척 정도 확인은 전화만으로 끝내는 경우가 많았다. 이런 상황에서 또 원고 이외의 이야기를 가지고 가도 되는 걸까. 아사히는 자신 때문에 더 이상 미사키 젠에게 귀찮은 일을 만들고 싶지 않았다.

하지만 더 이상 이런 상태가 지속되면 머리가 이상해질 것 같았다.

고민 끝에 아사히가 누른 번호는 미사키 젠이 아니라 나츠키의 번호였다. 결과적으로는 똑같을 테지만, 나츠키 쪽이 아직은 전화하기가 편했기 때문이다.

나츠키는 바로 전화를 받았다.

[네, 네, 아사히 짱? 웬일이야. 아사히 짱이 전화를 다 하고? 무슨 일이야? 뭔 일 있어?]

평소와 전혀 다르지 않은 밝은 목소리에 아사히는 순간 눈물이 나오려고 했다. 스스로 생각했던 것보다 마음이 약해진 걸지도 모른다.

"저기…… 나츠키 씨, 지금 얘기 가능해요? 좀 상담하고 싶은 게 있어요."

[뭔데? 괜찮아. 전화로 할 수 있는 얘기면 지금 해. 아니면 직접 만나는 게 얘기하기 편해?]

"전화로도 괜찮아요. 저기, 사실은 얼마 전부터 이런 일이…….."

나츠키는 이따금 맞장구를 치면서 아사히의 이야기를 들어줬다.

아사히가 얘기를 다 마친 후, 나츠키는 뭔가 생각하는 듯 몇 초간 침묵했다. 그리고 말했다.

[……저기 말이야, 아사히 짱, 다른 것보다 일단 한마디해도 돼?]

"……네."

전화 너머에서 나츠키가 조용히 한숨을 쉬는 소리가 들렸다.

그 직후.

[바보!]

나츠키가 엄청나게 크게 소리를 질렀다.

귀가 울려서 스마트폰을 떨어트릴 뻔했다. 자기도 모르게 귀에서 떨어트린 스마트폰에서 나츠키의 목소리가 아까보다 조금 괜찮아진 볼륨으로 들렸다.

[왜 더 빨리 얘기 안 했어? 그거 장담하는데 분명 이수계 안건이야! 아사히 쨩, 며칠 동안 그거 가지고 고민하고 있던 거 아니야? 요즘 미사키 집에 전혀 오지도 않고, 지금도 목소리에 힘도 하나도 없고! 저기, 나는 이수계 형사고 게다가 아사히 쨩의 친구잖아? 그럴 때는 나도 좋고, 미사키도 좋으니까 바로 얘기해줘. 우리를 뭐라고 생각하는 거야?]

혼났다.

뭐가 뭔지 잘 모르겠지만, 나츠키가 엄청 화내고 있다. 아사히는 스마트폰을 쥐고 다시 귀에 대면서 눈에 눈물이 맺히는 걸 느꼈지만 아마도 나츠키가 소리쳐서가 아닐 것이다. ……안심했기 때문이다.

나츠키와 미사키 젠이라면 분명 도와줄 것이라고 생각했기 때문이다.

"미안, 미안해요, 나츠키 씨. 나…… 두 사람한테 민폐 끼치는 게 싫어서……."

[민폐 아니라니까! 오히려 이럴 때일수록 의지가 되어주지 못하

면 의미가 없어. ……하지만 결국에는 얘기했으니까 다행이야. 아사히 짱, 잘했어.]

이번에는 칭찬받았다. 그렇게 말해주니 괜히 눈물이 나온다. 전화라서 나츠키가 보이지 않아 다행이다. 이미 들켰는지도 모르겠지만.

[아사히 짱, 지금 어디야? 회사? 일 끝났어? ……그래? 그럼 지금 미사키 집에 올 수 있어? 나 지금 본청에 있는데 바로 미사키 집으로 갈게. 미사키한테는 미리 연락해둘게. 그럼 이따 봐.]

나츠키가 전화를 끊었다. 아사히는 눈물을 닦고 스마트폰을 집어넣었다.

기오사와 가장 가까운 역에서 지유가오카까지 지하철과 도큐오이마치 선을 연달아 타면 30분 정도 걸린다. 아사히는 흔들리는 전차에 몸을 맡기고 나츠키가 했던 말을 다시 떠올렸다.

나츠키는 왜 더 빨리 얘기하지 않았느냐고 화를 냈다.

아마도 아사히 스스로가 또 다른 자신에 대해서 별로 생각하고 싶지 않았기 때문일 것이다.

나나세 마리나 사건 이후로 비슷한 일이 계속 이어지고 있다. 아사히를 대신해서 나나세 마리나와 미팅을 했다는 또 다른 아사히는 아사히가 어떻게 해야 할지 고민하던 것을 명쾌하게 해결했고, 나나세 마리나도 그 사람이 평소의 아사히보다 더 좋았다고 말했다.

이 세계의 어딘가에 또 한 명의 자신이 있다면.

그 다른 한 명이 자신보다 우수하다면. 자신보다 훨씬 능숙하게 이런저런 일을 해낼 수 있다고 한다면, 어떻게 해야 할까.

생각해보면 무서워진다. 도플갱어 소재의 영화 따위 보지 않았으면 좋았을 텐데. 조만간 그 분신이 자신을 대체할 것 같은 기분이 들어서 너무 무서워졌다.

더 무서운 건 차라리 분신이 자리를 대신하면 아사히의 일이든 뭐든 좀 더 수월하게 돌아가리라는 생각이다. 하지만 그렇게 되면 여기 있는 자신은 어떻게 되는 걸까. 필요 없어지는 걸까? 그러는 편이 이 세상과 사람들을 위한 길인 걸까.

얼른 나츠키를, 그리고 미사키 젠을 만나고 싶었다. 그들에게 괜찮다는 말을 듣고 싶었다.

전차가 지유가오카 역에 도착했다. 미사키 젠의 집까지는 걸어서 얼마 걸리지 않는 거리다. 빠른 걸음으로 개찰구를 빠져 나와—아사히는 얼어붙고 말았다.

아사히보다 먼저 개찰구를 빠져나간 여성의 뒷모습이 어딘가 낯익었기 때문이다.

아니, 아니다. 그건 본래 아사히 자신에게는 보이지 않아야만 하는 것이었다.

그야 자신의 뒷모습 같은 건 볼 수 없으니까.

머리 길이도, 키도, 걷는 방식도 자신과 꼭 닮아 보였다. 가지고 있는 가방도 같은 가방이었다. 코트는 다르다. 하지만 아무리 봐도 아사히가 고를 만한 색과 형태였다.

어느 승객이 개찰구 앞에서 발걸음을 멈춘 아사히가 방해가 된다는 듯 밀치고 갔다. 넘어지려는 찰나에 몸이 움직였다. 아직 조금 딱딱하게 굳어 있는 팔을 필사적으로 움직여서 아사히는 그녀의 뒤를 따라갔다. 정말로 또 다른 나 자신일까. 혹시 같은 전차에 탔던 걸까. 어디로 가는 걸까.

거기서 아사히는 깜짝 놀랐다.

여기는 지유가오카다. 지유가오카에서 아사히가 갈 만한 장소라면 한 군데밖에 없다.

미사키 젠이 있는 곳이다.

하지만 그것만은― 안 된다.

"기…… 기다려!"

아사히는 결국 목소리를 냈다. 역 앞의 인파를 헤치고, 조금 더 앞에서 걷고 있는 그녀를 불렀다. 혹시라도 사람을 잘못 봤을지도 모른다. 뒷모습만 닮은 다른 사람일지도 모른다. 그거면 된다. 사람을 잘못 본 것이라면 아무 문제없다. 또 다른 자신이 아니라는 확인만 하면 된다.

앞에서 걸어가는 그녀의 발걸음이 멈췄다. 아사히는 그 틈에 따라잡아서 그녀의 어깨에 손을 올리려고 했다.

하지만 그것보다 빠르게 상대방이 휙 돌아봤다.

"헛!"

심장이 멈춘 것 같았다.

평범한 얼굴이잖아. 자주 그런 소리를 듣곤 했다. 하지만 정말로 똑 닮은 얼굴은 본 적이 없었다, 지금까지는.

하지만 오늘 앞에 있는 얼굴은 늘 거울 안에서 보던 것과 완벽하게 똑같은 모양새였다. 눈썹도, 눈도, 코도, 입도, 모든 게 다.

하지만— 다르다.

자신이 이런 표정을 지은 적은 없다고 믿고 싶다.

이런…… 사악하다고밖에는 표현할 길이 없는 일그러진 미소를.

"후훗."

또 다른 아사히가 웃었다. 목소리까지 자신과 똑같이 들렸다.

똑같은 목소리가 아사히를 비웃으며 이렇게 말했다.

"몰랐어? 자신의 분신이랑 만나면— 죽어버리는데."

그 순간 공포가 떨림으로 바뀌면서 전신을 휘감았다.

아사히는 자기도 모르게 상대를 밀쳐내고 그 자리에서 도망쳤다. 무서웠다. 또 다른 자신이 정말로 자신의 자리를 빼앗으러 찾아온 것이다. 싫다. 싫다, 싫다, 싫다. 무섭다. 무섭지만 돌아보지 않을 수 없다. 인파 너머로 또 다른 자신이 보였다. 놀리기라도 하듯한 손을 흔들면서, 웃으며 이쪽으로 쫓아오고 있다. 싫다. 무섭다. 잡히면 죽는 걸까.

사람들이 마구잡이로 달리는 아사히를 의아한 표정으로 바라보았다. 아사히는 역 앞 로터리 옆을 지나, 술집이 늘어선 좁은 통로로 들어갔다. 그 주변은 길이 복잡하게 얽혀 있다. 괜찮아, 분명 따돌릴 수 있다. 하지만 돌아보니 길모퉁이를 돌아서 이쪽으로 향하고 있는 또 다른 아사히가 보였다. 아사히는 온몸이 떨려서 다시 달리기 시작했다. 내뱉는 숨이 하얗다. 어디선가 캐럴이 흘러나오고 있다. 지금은 11월이다. 10월에는 그렇게나 핼러윈 컬러로 가득했던 거리가 지금은 선술집조차 가게 앞에 크리스마스 장식을 두고 있다. 크리스마스 따위는 다음 달 말인데. 멀리서 울려 퍼지는 흥겨운 징글벨 노래를 들으며 아사히는 계속 달렸다.

정신을 차리고 보니 다시 역 앞으로 돌아와 있었다. 아사히는 고가 다리 밑을 지나서 역 반대쪽으로 빠져나갔다. 뒤를 돌아본다. 또 다른 아사히의 모습이 보여서 눈물이 날 것 같았다. 식당과 규동집이 늘어선 골목길을 달려서 빠져나오니 철로의 건널목이 보였다. 건널목은 닫혀 있었다. 아사히는 망설임 없이 선로를 따라 달렸다. 작은 주상복합 빌딩 같은 건물이 늘어서 있었다. 아사히는 그중 하나로 들어갔다. 어두운 계단 아래 몸을 숨기고, 웅크린 채 이대로 또 다른 아사히가 바깥에 있는 길을 지나가기를 기도했다.

그때 어깨에 메고 있던 가방이 울리기 시작했다. 움찔했다. 순간 뭔지 알 수 없었지만 바로 휴대전화의 착신음이라는 걸 깨달았다. 가방 안에 넣어둔 스마트폰을 얼른 꺼내서 봤다.

나츠키였다.

[아사히 짱? 지금 어디야?]

"나, 나츠키 씨…… 사, 살려주세요."

공포 때문에 혀가 제대로 움직이지 않았다.

[세나 씨, 진정하세요.]

전화 너머에서 들린 목소리는 미사키 젠의 목소리였다. 나츠키는 이미 미사키 젠의 집에 도착한 모양이다. 새삼스럽지만, 이만큼 달릴 거였으면 얼른 미사키 젠의 집으로 도망가는 편이 더 좋았을 거라는 사실을 깨달았다. 자신의 바보 같음에 죽고 싶어졌다.

"서, 선생, 선생님…… 죄송해요. 선생님, 저……."

[얘기는 나중에 얼마든지 들을게요. 지금 어디에 있는지 알려주

세요.]

"어, 역 근처…… 건널목 바로 근처 빌딩이에요."

[알겠습니다. 바로 —]

데리러 오겠다는 미사키 젠의 말을 아사히는 거의 듣지 못했다. 바로 옆에서 다른 목소리가 들렸기 때문이다.

"—찾았다."

돌아보자마자 아사히의 머리가 충격으로 흔들렸다. 눈앞이 빙글 기울었다. 세나 씨, 하고 부르는 미사키 젠의 목소리가 들린다. 대답해야 한다. 하지만 목소리가 나오지 않는다. 자신에게 무슨 일이 일어났는지 파악하지 못한 채, 의식이 멀어져간다. 그리고 모든 것이 어둠 속으로 사라진다.

정신을 차렸을 때 아사히는 어딘지 모르는 장소에 있었다.

네모난 공간이 눈앞에 펼쳐져 있고 한쪽에는 창이 늘어서 있었다. 불이 꺼져 있었지만 대충 주변이 보이는 건 밖에 있는 가로등 불빛이 창문으로 들어오기 때문이었다. 어딘가의 빌딩 안인 걸까. 아마도 지금은 사용하지 않는 듯하다. 캐비닛이나 사무용 책상이 남아 있지만, 바닥에는 종이와 쓰레기가 흩어져 있고, 공기 중에 먼지도 많다. 그리고 바깥 공기가 그대로 전달되어 춥다. 대체 어디일까, 여기는.

주변을 조금 더 둘러보려고 머리를 움직이는 순간 관자놀이 근처에 통증이 일었다. 무심코 몸이 굳어서 시선을 아래로 향했는데 입고 있는 코트의 어깨 부분부터 가슴에 걸쳐서 검은 얼룩이 묻은 걸 보고 깜짝 놀랐다. 피다. 아무래도 머리를 맞고 기절했던 것 같다. 아직 머리가 몽롱하지만, 자신이 의자에 앉은 상태로 묶여 있다는 건 알 수 있었다. 몸을 거의 움직일 수가 없었다.

"아, 일어났어?"

오른쪽에서 목소리가 들렸다. 자신과 쏙 빼닮은 목소리가.

아사히는 두통을 참으며 그쪽으로 고개를 돌렸다.

또 다른 아사히가 방치된 사무용 책상 위에 다리를 꼬고 앉아 손에 커다란 칼을 쥐고 있었다. 그걸 본 아사히는 소름이 돋았다. 저 칼이 지금 아사히를 묶은 줄을 자르기 위해 있는 것은 아니겠지.

"아, 맞아. 미안, 내가 지금부터 널 죽여야 하거든."

또 다른 아사히가 아사히 생각을 읽어내기라도 한 듯 빙그레 웃으며 그렇게 말했다.

틀림없다.

이 아사히는 역시 인간 외의 존재가 변신한 것이다.

"……왜?"

아사히는 물었다.

"응? 왜라니? 뭐가?"

또 다른 아사히가 일부러 모르는 척 고개를 갸웃했다.

"왜 이 모습을 하고 있냐고? 아니면 왜 너를 죽이냐고? 왜냐면 나는 지금부터 너 대신 네 인생을 살 거니까. 같은 인간이 둘 있으면 부자연스럽잖아? 그러니 둘 중 하나는 사라져줘야지."

또 다른 아사히는 아무렇지도 않게 말했다.

그 말에 아사히는 새삼 전율했다. 이전에 본 도플갱어 소재의 영

화의 내용이 또다시 떠올랐다. 그렇다, 어떤 영화든 대체로 마지막
은 오리지널과 도플갱어의 싸움이 된다. 하나밖에 없는 인생을, 서
로의 존재를 걸고 다투게 되는 것이다. 그런 건 영화 안에서만 벌
어지는 이야기라고 생각했는데. 설마 자신에게 이런 일이 벌어지
리라고는 꿈에도 생각하지 못했기 때문에 아무렇지 않게 볼 수 있
었는데.

"왜…… 왜 나 같은 사람의 인생을 살려고?"

아사히의 말에 또 다른 아사히는 놀란 눈으로 말했다.

"어, 그야 나 '같은'이라는 말을 붙일 정도로 너한테 네 인생은
가치가 없잖아?"

왠지 묘하게 가슴을 찌르는 말이었다.

무심코 입을 다물어버린 아사히를 향해 또 다른 아사히는 우후
후 하고 웃었다.

"그렇다면 그런 인생, 필요 없잖아? 내가 더 의미 있게 써줄 테
니까 이 자리에서 내놔. 괜찮지?"

또 다른 아사히는 그렇게 말하며 작은 거울을 꺼내 자신의 얼굴
을 비추고 다시 웃었다.

"후후, 좋네, 이 얼굴. 정말이지 친근한 얼굴이야. 응, 나쁘지 않
아. 다음엔 이런 얼굴을 하겠다고 정했었어. 완전 딱 좋아. 완벽해."

"다음이라니…….."

"연예인 얼굴은 예뻐서 좋지만, 눈에 띄어서 꽤 불편하다니까.
……아, 모르는구나. 우리 전에 한번 만난 적 있는데."

그렇게 말하며 또 다른 아사히는 오른손으로 자신의 얼굴을

쓰다듬었다.

얼굴이 변한다. 눈이랑 코, 얼굴 윤곽, 그뿐 아니라 머리 스타일과 체형까지 모든 부분이 순간적으로 변했다. 이미 그 모습은 아사히와는 전혀 다른, 미인으로 변모하고 있었다.

다카시마 렘.

기억이 되감긴다. 마츠리와 함께 갔던 게이오플라자 호텔의 디저트 카페. 아사히 대각선 뒤에 다카시마 렘이 앉아 있었다. 하지만 그 후에 마츠리가 가짜였다고 얘기해줬다. 진짜 다카시마 렘은 딱 그 시간에 은퇴 기자회견 중이었다.

그때부터였던 것이다. 이 인간 외의 존재는 아사히를 눈독 들이고 있었다.

"보다시피 나는 모습을 바꿀 수 있어. 누구라도 될 수 있어. 그러니까 자주 연예인이랑 계약해서 대리 역할을 해왔어. 최근 1년 정도는 그게 다카시마 렘이었고."

다카시마 렘의 얼굴을 하고, 아사히에게 가르쳐줬다.

연예인이라는 건 인기가 생기면 생길수록 개인적인 생활이 없어진다. 본인의 사정 따위는 신경 쓰지 않고 스케줄을 넣는 사무실에 불만을 품는 연예인도 많다. 그런 연예인에게 접근해서 완전히 똑같은 모습으로 변신하는 걸 보여주고 계약을 했다. 생활에 필요한 돈을 받고, 그들이 맡은 일의 일부를 대신했다. 조건은 일에 관련된 긴밀한 정보 교환과 비밀 엄수 의무였다.

다들 처음에는 놀라고 무서워하지만, 바로 기꺼이 일을 맡기게 된다. 무엇보다 이미 다양한 연예인의 대리 역할을 해왔다. 모델 일도, 버라이어티 방송 일도, 업계 사람과 어울리는 방법까지, 경우에 따라서는 진짜보다 더 잘해내서 오히려 더 인기가 생긴 적도 있다고 한다. 하지만 2, 3년 만에 계약을 해지하겠다고 하는 연예인이 대부분이었다. 가짜의 일이 더 많아지면 연예인으로서의 커리어를 통째로 뺏길까 봐 두려웠을 것이다.

"다카시마 렘이 인기가 좋아지기 시작한 것도 사실 내가 대신 텔레비전에 나오기 시작할 때부터였어. 뭐, 걘 그런 건 별로 신경 쓰지 않았던 것 같지만. 게다가 그 애, 그사이에 애인이 생겼어. 일이 바쁘면 좀처럼 만나기가 힘들잖아? 그래서 내가 대신 일하러 가 주고, 그 동안 개는 애인이랑 계속 알콩달콩 연애를 했지. 근데 그 애 생각보다 바보더라고. ……아이가 생겨버렸어. 그러더니 일을 그만두겠다는 거야. 덕분에 내가 잘렸어. 분풀이로 그 애 모습을 하고 뷔페에 가서 단 걸 마구 먹다 보니, 어쩌다 네 뒷자리에 앉아 너희가 하는 얘기를 듣게 된 거야."

얘기하는 동안 점점 말투가 변해갔다. 아사히 얼굴은 아니니, 원래의 말투일지도 모르겠다.

"일반적이고 평범한 인생, 이제 지겹지 않아? 이제 다카시마 렘의 모습으로는 있을 수 없으니까 일단 네 모습만 카피해서 당분간 생활하려고 했는데."

새빨간 입술의 양쪽 입꼬리가 빙긋 올라갔다. 아, 분명 이 웃음을 전에 본 적이 있는 것 같다. 그 레스토랑에서, 아사히를 향해 보이던 웃음이었다.

"중간에 생각이 바뀌었어. 이왕이면 모습뿐만 아니라 전부 통째로 갖고 싶다고."

"전부 통째로……?"

"그러니까, 네 인생을 전부 통째로."

이번에는 왼손으로 방금 전처럼 얼굴을 슥 쓰다듬었다. 다카시마 렘의 얼굴이 사라지고 아사히의 얼굴로 돌아왔다. 고구레의 변신보다 훨씬 빨랐다. 정말로 순간적으로 모습이 바뀌었다.

"네가 편집자라는 건 뷔페에서 들었어. 기오사라는 이름도 나와서 어디서 근무하는지도 알았지. 최근 보름 정도 네 업무나 생활하는 모습을 보기 위해서 가끔씩 주변을 어슬렁거렸는걸? 그때마다 얼굴을 바꿨으니까 눈치채지 못했을 테지만. 저기, 나라면 너보다 더 잘할 수 있어. 그러니까 나한테 양보해. 네 주변 사람들한테도 분명 도움이 될 테니까."

아사히가 전차 안에서 했던 생각과 똑같은 말을 한다.

이건 아사히의 자신감 부족이 불러낸 괴물인 걸까. 도플갱어 소재의 영화에서 그려지는 '또 다른 나'가 원래의 자신과는 정반대 성격을 가진 것과 마찬가지다. 다른 내가 되고 싶다. 좀 더 훌륭한 내가 되고 싶다. '또 다른 자신'이라는 건 대체로 그런 소원으로부터 탄생하는 법이다.

아니, 아니다. 아사히 안에서 희미하게 남은 냉정한 부분이 정신 차리라고 소리쳤다. 제대로 생각해. 아마도 이 가짜는 방금 아사히와 같은 전차에 탔을 것이다. 그리고 아사히가 무슨 생각을 하고 있는지 읽어낸 게 분명하다.

하지만 아사히 안의 심약한 부분이 그래서 뭐 어쩌라는 거냐고 중얼거렸다. 그야 사실도 별다를 게 없기 때문이었다. 아사히는 할수 없는 일을 이 가짜라면 정말로 척척 해낼 것 같다는 생각이 들었다. 아사히가 좌절하고 고민하던 모든 것이 이 가짜한테는 쉬운일일지도 모른다.

아사히는 침을 꿀꺽 삼켰다.

가짜를 바라본다. 같은 얼굴인 것만으로도 무서운데, 이 가짜는날붙이까지 들고 있다. 아사히를 죽일 생각이다. 무섭다. 눈물이 날정도로 무섭지만— 가짜를 만나면 꼭 물어보고 싶은 게 있었다는걸 떠올렸다.

"……저기, 가르쳐줘."

아사히는 없는 용기를 쥐어 짜내서 말했다.

"너, 나나세 선생님이랑 만났지?"

"나나세? 아, 그 여자 작가?"

"대체 어떻게 미팅을 한 거야?"

그 가짜는 아사히의 주변을 어슬렁거리며 일하는 방식이나 생활패턴을 들여다봤을지는 모르지만, 아무리 모습을 바꿨다고는 해도보안 카드가 없으면 편집부에는 들어오지 못한다. 아사히의 컴퓨터를 훔쳐보는 것도 불가능했을 것이다.

"너, 나나세 선생님의 메일도 플롯도 읽지 못했잖아. 그런데 어떻게 미팅을 한 거야? 그날 미팅이 있다는 건 몰랐을 텐데."

뭐, 그런 걸 가지고 놀라느냐는 듯이 가짜는 어깨를 으쓱해 보였다.

"회사 빌딩 앞에서 어슬렁거리고 있으니까 접수부에서 널 부르려고 하는 작가 비슷한 사람이 있길래 말을 걸어봤을 뿐이야. 혹시라도 잘 안 되면 적당히 얼버무리고 도망가면 된다고 생각했는데…… 그 작가, 생각하는 게 통째로 읽히던걸. 정말이지 얼마나 얘기하기 쉽던지."

가짜 아사히는 그때 일을 떠올렸는지 이상하게 웃으며 손에 든 칼을 흔들었다.

"내가 무슨 말을 하기도 전에 '플롯 때문에 고민이에요'라고 말을 꺼내기에 적당히 유도심문을 하니까 본인이 알아서 떠벌리더라고. 고민이라고 했지만, 어떤 말을 듣고 싶어 하는지 얼굴에 다 써 있던걸. 원하는 대로 말해줬더니 자기 멋대로 받아들이고는 '알겠어요. 고마워요!'라는 거야. 얼마나 웃기던지. 그보다 편집자 일이라는 게 별거 아니라고 생각했어, 그 순간."

그런 식으로.

그런 식으로 이 가짜는 작가와의 미팅을 끝낸 건가. 플롯도 읽어보지 않고, 그저 작가가 원하는 말을 해준 것만으로?

아사히의 가슴 깊은 곳에서 작은 불길이 일었다. 분노였다. 이 가짜는 나나세 마리나를 바보 취급하고 있다. 편집자의 일을 별것 아니라고 했다. 웃지 말라고 하고 싶다. 가슴속에서 일어난 불길이 서서히 커져 부글부글 끓기 시작했다.

아사히는 다시 물었다.

"왜 지유가오카에 있었어?"

"네 뒤를 따라왔을 뿐이야. 개찰구 쪽으로 타는 바람에 내가 먼저 역에서 나가버리게 됐지. 어떻게 할까 고민하긴 했는데."

156

그 말과 방금 가짜가 했던 말을 이어보고 아사히는 계산했다. 이 가짜가 아사히 주변을 어슬렁거리기 시작한 건 보름 전쯤이라고 했다. 가나에 사건 때문에 아사히가 미사키 젠과 함께 외출했던 건 좀 더 전의 일이다. 그 이후 아사히는 미사키 젠과 행동을 같이한 적이 없다. ―그렇다면, 이 가짜는 아마도 미사키 젠의 존재를 모를 것이다.

가짜가 말했다.

"너는 지유가오카에 왜 온 거야? 아, 작가 미팅이지? 그럼 내가 대신해줄게. 봐봐. 넌 지금 머리에 상처가 나고 피도 흘리고 있잖아? 그런 꼴로 작가 선생을 만나러 가면 놀랄 거야. 그러니까 너는 얌전히 죽어줘야겠어. 나머지는 전부 내가 잘 해결해줄게. 어차피 작가와 미팅하는 건 적당히 얼버무리면 되니까."

그 순간 아사히 안에서 타오르던 불길이 더욱 커졌다.

이 가짜는 아사히의 인생을 전부 통째로 빼앗겠다고 말했다. 즉, 아사히로부터 미사키 젠도 빼앗을 작정이다. 그건 용서할 수 없다.

무슨 일이 있어도 그 사람만큼은 양보할 수 없다.

"―너 따위가."

아사히는 가짜를 노려봤다.

"너 따위가 미사키 선생님이랑 미팅할 수 있을 리가 없어."

아사히의 말투에 가짜는 동그랗게 뜬 눈을 깜빡거렸다. 방금 전까지 덜덜 떨기만 하던 상대방이 갑자기 노려보니 놀랐겠지.

하지만 아사히는 움츠러들지 않았다.

"너, 영화 좋아해?"

"뭐? 영화?"

"그래, 영화. 네가 좋아하는 영화를 하나 들어봐. 최근에 본 영화라도 좋아. 생각나는 영화 뭐든 좋으니까 말해봐."

아사히는 턱을 치켜들고 너 따위 무섭지 않다는 표정으로 가짜를 봤다. 가짜는 더욱 더 모르겠다는 표정으로 아사히를 같이 쳐다봤다. 아사히가 무슨 생각을 하는지 읽어내려고 하지만 잘 안 되는 모양이다. 당연하다. 지금 아사히의 머릿속을 가득 메운 것은 온갖 영화의 제목들이다.

"말해봐! 네가 좋아하는 영화가 뭐야?"

"뭐? 음…… 〈스타워즈〉라든가?"

"〈스타워즈〉 중에 어떤 거? 옛날 3부작? 아니면 새로운 3부작? 〈스타워즈:깨어난포스〉? 〈로그원:스타워즈 스토리〉? 설마 그건 아닐 거라고 생각하지만, 귀여운 이와크들이 대활약하는 〈이와크의 대모험〉? 스핀오프도 전부 포함하면 엄청 많은데 대체 어떤 거야?"

"자, 잠깐만. 뭐? 뭐야, 너."

"좋아, SF 작품이라면 〈스타워즈〉가 좋다는 거지. 그럼 다른 장르 영화 이야기로 옮겨보지."

"뭐?"

"로맨스 영화는 뭐가 좋아? 서스펜스는? 역사 소재 영화는? 좋아하는 여자 배우랑 남자 배우는 누구야? 믿고 보는 영화감독은 있어? 어느 영화관이 좋아? 3D 영화를 보러 가서 자기도 모르게 울어버려서 3D 안경을 벗지 않으면 눈물을 못 닦는다는 걸 깨닫고 당황한 적 있어? 지금까지 본 것 중에 제일 많이 울었던 영화는 뭔데?"

"뭐야, 무슨 소리 하는 거야, 대체……."

가짜가 완전 질렸다는 걸 한눈에 알 수 있었다. 아사히는 코웃음쳤다. 이 정도 얘기도 못 따라와서 미사키 젠을 담당할 수 있겠어.

가짜는 태도가 변한 아사히를 짜증스러운 눈으로 보며 혀를 찼다.

"……뭐야, 너. 지금 당장 죽는다는데 왜 영화 이야기만 하고 있어?"

"영화가 좋으니까."

"뭔 소리인지 모르겠네."

가짜가 내뱉듯이 말했다. 그리고 그때까지 앉아 있던 사무용 책상에서 몸을 일으켰다. 칼을 손에 쥔 채 큰 걸음으로 아사히에게 다가와서 말했다.

"너 진짜 시끄럽다. 이제 죽어줘야겠어."

눈앞에 다가온 두꺼운 칼날이 다시 죽음의 공포를 불러일으켰다. 가슴속에서 끓고 있던 것이 공포에 져서 사라지고 있다. 죽는 건 무섭다. 여기서 살해당하고 싶지 않다.

하지만 아무리 여기서 아사히가 살해당한다고 하더라도, 이 가짜는 아사히 대신이 될 수 없다.

미사키 젠도 나츠키도 분명 눈치챌 것이다. 그리고 이 가짜를 잡아줄 것이다.

그때였다.

창문 밖에서 뭔가가 날아오는 게 보였다.

새? 아니다. 풍선? 아니, 틀렸다.

그건 머리였다.

긴 흑발을 공중에 나부끼며, 여자 머리가 밖을 날아다니고 있었다. 둥실둥실 방향을 바꿔가면서 창 안쪽을 들여다보다, 지금 아사히와 눈이 마주쳤다. 가나에다.

가나에는 반가워하는 표정을 짓더니 입을 뻐끔거렸다. '아사히 씨'라고 말하는 듯했다.

가나에가 오고 있다.

그렇다는 건…….

아사히의 표정에서 뭔가를 읽어낸 가짜가 창문 쪽을 획 돌아봤다. 하지만 늦었다. 이미 가나에의 머리는 창문 앞에서 사라진 뒤였다.

아사히는 수상쩍은 표정으로 창문 쪽으로 걸어가려는 가짜에게 물었다.

"저기. ……지금 몇 시야?"

"뭐? 밤 10시인데."

"그래, 그럼 괜찮네."

아사히는 안심했다. 더 긴 시간 동안 정신을 잃었다고 생각했는데 그 정도는 아니었던 모양이다.

밤 10시라면, 아직 아침이 오려면 멀었다.

"잠깐, 너 아까부터 뭐야, 대체…….”

가짜가 짜증스러운 표정으로 아사히 쪽으로 돌아가려고 방향을 바꿨다.

그 순간, 가짜의 등 뒤에서 창문이 엄청난 소리를 내며 산산조각 났다.

바닥을 향해 비처럼 쏟아지는 깨진 유리와 함께 누군가가 방 안으로 날아 들어왔다. 밤의 빛을 받아 빛나는 잿빛 머리, 어둠 속에서도 하얗게 빛나는 피부, 그리고 빨갛게 불타오르는 두 눈. 참으로 아름다운 얼굴을 한 뱀파이어였다.

미사키 젠.

"뭐…… 뱀파이어? 젠장, 이수야?"

가짜가 혀를 차더니 그대로 출구를 향해 도망가려고 했다.

미사키 젠은 두고 보지 않았다. 순식간에 가짜를 쫓아가서 팔을 붙잡았다. 홱 돌아선 가짜가 휘두른 칼을 한 손으로 떨어트리더니 이미 붙잡았던 팔을 단숨에 비틀고 있었다. 가짜가 비명을 질렀다.

"네 놈이 한 실수 중에 제일 멍청한 실수는 세나 씨가 누구 담당인지 몰랐던 겁니다."

미사키 젠이 말했다.

미사키 젠은 한 손으로 가짜의 팔을 꺾은 채로, 다른 한 손을 가짜의 얼굴 앞에 내밀었다.

"자, 돌려주시죠. 그건 세나 씨의 얼굴입니다."

미사키 젠이 가짜의 얼굴을 스윽 쓰다듬었다.

아사히의 얼굴이 사라진 대신 나타난 건— 눈도 코도 없는 주름 가득한 고깃덩어리 같은 것이었다. 도저히 인간의 얼굴이라고는 생각할 수 없었다.

"달걀귀신."

미사키 젠이 말했다. 확실히 옛날이야기에 나오는 달걀귀신 그 자체였다.

"당신한테는 얼굴이 없죠. 대신 누구의 얼굴이라도 될 수 있고요. 옛날부터 그렇게 살아온 종족이죠. 여우나 원숭이 외에 여기 일본에서 모습을 자유자재로 바꿀 수 있는 변신 요괴라면 당신들 정도밖에 없습니다. 당신들은 누군가의 얼굴을 빌려서 누군가를 흉내내며 살아가고 있죠. 단지 그렇게 살아가기만 할 뿐이라면 비난할 필요도 없을 겁니다. 왜 이제 와서 인간을 공격하는 겁니까? 그건 인간과 인간 외의 존재가 공존하는 사회에서 결코 용서받지 못할 행위입니다."

"……네가 뭘 알아."

어디에 입이 있는지도 모를 얼굴이 분명치 않은 목소리를 냈다.

미사키 젠은 달걀귀신을 차갑게 내려다보고는 더욱 더 세게 팔을 비틀었다. 팔이 징그러울 정도로 비틀리자 달걀귀신이 비명을 지르며 버둥거렸다.

"왜 세나 씨가 되려고 했습니까? 얘기하세요."

미사키 젠이 조금 힘을 풀고 한 번 더 물었다.

달걀귀신은 거친 숨을 뱉어내며 미사키 젠을 노려보는 듯했지만 이번에야말로 팔이 꺾일 것 같아서 포기한 듯 한숨을 쉬었다.

"딱히 누구라도 상관없었어. 누구라도 될 수 있으면."

"세나 씨가 아니라도 괜찮았다?"

"그래, 이 사람이 안 된다면 다른 사람이라도 괜찮았어. 됐어. 그럼 이 여자는 포기하지. 대신 네가 좋아하는 사람이 돼줄게. 그러니까 좀 봐줘."

달걀귀신이 말했다.

미사키 젠의 표정이 희미하게 변했다.

승기라도 잡았다고 생각했는지 달걀귀신은 계속 말을 이었다.

"나는 누구라도 될 수 있어! 너도 있을 거 아냐? 좋아하는 사람. 이미 죽어버린 사람이라도 좋아, 어떤 얼굴인지 가르쳐주면 내가 그 사람 대신……."

달걀귀신은 그 이상 말을 잇지 못했다.

나뭇가지라도 꺾는 듯한 소리가 들리고 조금 뒤에 달걀귀신이 절규했다.

미사키 젠이 달걀귀신의 팔을 꺾은 것이다.

미사키 젠이 달걀귀신을 바닥에 패대기쳤다. 그리고 괴로움에 몸부림치며 뒹굴고 있는 달걀귀신을 무표정으로 내려다보며 말했다.

"정말이지, 어리석은 자입니다."

미사키 젠의 발이 달걀귀신의 얼굴을 짓밟았다.

"누구도 누군가의 대신이 될 수 없습니다. 아무리 닮았다 해도 겉모습만 같을 뿐, 그저 모조품일 뿐입니다. 그런 모조품 따위 원하지 않아요."

어떤 온도도 느껴지지 않는 목소리였다. 인형보다 더 정돈된 얼굴에 격정의 기색은 전혀 느껴지지 않았다. 다만 두 눈만큼은 지금까지 본 적 없을 정도로 빨갛게 타오르고 있었다. 더할 나위 없이 무자비한 미소가 아름다운 입술에 물들고, 길고 뾰족한 송곳니가 슬쩍 엿보였다.

"공교롭게도 모조품으로는 제 욕심을 채울 수가 없어서요. 상대를 잘못 골랐네요."

미사키 젠의 발 아래에서 달걀귀신이 쉰 목소리로 비명을 지르고 있다. 뻐걱 하고 기분 나쁜 소리가 들렸다.

"미, 미사키 선생님!"

아사히는 무심결에 소리쳤다.

미사키 젠이 아사히의 얼굴에 떠오른 표정을 보고 달걀귀신을 짓이기고 있던 발을 거뒀다.

"……죄송합니다. 저도 모르게 그만."

"아니에요……."

아사히는 조금 안심하며 숨을 내쉬었다. 미사키 젠이 그대로 달걀귀신을 죽여버릴지도 모른다는 생각에 무서웠던 것이다.

미사키 젠이 아사히 쪽으로 걸어와 의자에 묶인 아사히 뒤로 돌아간다. 부욱 하는 소리가 나고 아사히를 묶고 있던 줄이 스르륵 떨어졌다. 줄을 보니 깨끗하게 절단돼 있었다. 날붙이를 가지고 있을 리도 없는데 어째서, 라고 묻는 건 촌스러운 짓이겠지. 무엇보다 미사키 젠은 인간이 아니다.

"세나 씨, 괜찮아요? 아, 너무 움직이지 말아요. 그대로 앉아 있어요. 머리에 상처가 났습니다. 출혈도 심한 것 같고. 병원에서 제대로 검사하는 게 좋겠어요."

미사키 젠은 아사히의 정면으로 돌아와서 관자놀이의 상처를 살폈다. 그리고 아사히를 내려다보며 표정을 조금 찡그렸다.

164

"자, 세나 씨."

"네."

"하고 싶은 말은 많지만, 이미 나츠키 씨가 뭐라고 했다고 하니까 새삼스레 말하지는 않겠습니다. ……하지만 이것만큼은 말해둘게요."

"네."

"왜 제가 아니라 나츠키 씨에게 먼저 얘기했나요?"

예상치 못한 곳을 찔렸다.

"……어, 왜냐면 그건, 그러니까."

"저는 그런 얘기를 하기에는 좀 어려운 상대인가요? 그야 나츠키 씨만큼 털털한 성격은 아니라는 건 아주 잘 알고 있습니다만. 그래도 너무하시네요."

"너, 너무하다니……."

혹시 미사키 젠이 토라진 걸까. 아사히가 미사키 젠이 아닌 나츠키를 이야기 상대로 골랐기 때문에? 아냐, 설마 그런 이유 때문에……. 하지만 이건…….

아사히는 일단 순순히 사과하기로 했다.

"정말 죄송해요. 다음에는 두 분한테 동시에 얘기할게요."

"아니오. 딱히 동시에 하지 않아도 되는데……. 아니, 그보다 이런 일이 그렇게 자주 일어나면 곤란합니다. 하지만 의외로 침착해 보이니 안심이에요. 좀 더 겁먹었을 거라고 생각했는데. 무섭지 않았나요?"

"무, 무서웠어요. 살해당할 거라는 생각에 엄청. 하지만……."

"하지만?"

"영화가 힘을 줬어요."

"……네?"

미사키 젠이 의아한 표정을 지었다. 아무리 미사키 젠이라도 이해를 못 하는 듯했다. 아사히는 얼른 손을 저으며 말했다.

"아, 음, 그게 가나에 씨가 보여서! 선생님이랑 나츠키 씨가 구하러 왔구나, 하고 알았어요. ……가나에 씨까지 와주다니."

"네. 다카라 씨도 있어요. 아마도 다들 곧 나츠키 씨랑 같이 이 방까지 올라오겠죠. 세나 씨가 위험하다고 하니까 다카라 씨도 가나에 씨도 흔쾌히 도와주러 왔어요."

미사키 젠 말로는 전화 도중에 아사히가 습격당한 걸 알고 바로 다카라에게 지원을 부탁했다고 한다. 이수계는 경찰 조직의 일부이지만, 이수계에서 경찰에게 지원 요청을 하기는 조금 어렵다. 무엇보다 인간 외의 존재에 대한 정보는 경찰관이라고 해서 전부 알고 있는 것은 아니기 때문이다. 경찰청의 직원들이나 관할서의 윗사람이라면 모를까 파출소에 근무하는 순경들은 웬만한 정보통이 아닌 이상 모를 것이라고 했다.

"근데 선생님, 어떻게 제가 여기 있는지 알았어요? 그보다 여기가 어디예요?"

"지유가오카에서 그리 멀지 않은 곳의 폐건물이에요. 저기 달걀 귀신은 여기까지 세나 씨를 차로 옮긴 모양입니다. 어떻게 알았냐고 한다면, 피예요."

미사키 젠이 아사히 관자놀이의 상처를 손가락으로 가리켰다.

"세나 씨가 마지막에 건널목 근처 주상복합빌딩이라고 말해서 그 주변 건물을 처음부터 끝까지 뒤졌습니다. 그렇게 해서 혈흔을 발견했어요. 그리고 그…… 경찰견 흉내를 조금."

"네?"

"뱀파이어의 후각을 얕보지 마세요. 바닥에 눌어붙은 혈액을 조금 섭취할 수 있었기 때문에 반경 10킬로미터권 안이라면 찾을 수 있으리라는 자신이 있었습니다. 이 근처 골목에 같은 혈액이 떨어져 있는 걸 발견하고 주변 건물 어딘가에 세나 씨를 옮겨놓았을 거라고 생각해서 다 같이 찾았는데─ 세나 씨? 왜 그러세요?"

아사히가 경악스러운 표정으로 올려다본다는 걸 깨닫고 미사키 젠이 고개를 갸웃했다.

미사키 젠이 혈액으로부터 상대방이 직전에 본 정보를 읽어낼 수 있다는 건 알고 있었다. 하지만 영화에 나오는 뱀파이어처럼 피 냄새를 구분할 수 있는지는 몰랐다.

아니, 그보다, 그것보다.

"서, 선생님? 서, 서서섭취라니, 섭취라니 무슨 소리세요?"

"무슨 소리나마나 섭취는 섭취죠. 예의 없는 이야기일지도 모르겠지만, 조금 핥았습니다."

"핥았……."

어떻게 이런 일이.

아사히 따위의 혈액이 미사키 젠의 입으로 들어간 것인가. 이 아름다운 사람의 입으로? 그런 일이 일어나도 괜찮은 걸까? 엄청난 모욕 행위는 아닐까?

"선생님! 안 돼요! 지금 당장 뱉어주세요. 그런 더러운걸!"

"이미 늦었습니다. 확실히 바닥에 떨어진 것이긴 했습니다만."

"그런 문제가 아니에요! 저 같은 사람 피를 섭취했다가 배탈 나면 어떡해요!"

"딱히 그럴 일 없으니까 진정하세요. 그렇게 흥분하면 상처가 벌어질 거예요. 그보다 오히려 엄청 맛있었는데요?"

"마, 맛있었다니⋯⋯."

무슨 소리를 하는 걸까, 이 사람은.

아사히는 무심결에 양손으로 볼을 눌렀다. 혈압이 순간 뛰어올라 얼굴에 피가 몰려드는 게 느껴졌다. 그대로 관자놀이의 상처에서 기세 좋게 피가 뿜어져 나올 것 같았다. 그렇다면 그게 원인이 되어 과다출혈로 죽을지도 모를 것 같은 기분이 들었다. 위험하다. 어떡하지. 그야, 미사키 젠에게 맛있다는 말을 들어버렸던 것이다. 뱀파이어인 이 사람에게.

"세나 씨? 세나 씨, 대체 왜 그러세요? 진정하세요. 왜 갑자기 그런⋯⋯."

깜짝 놀란 미사키 젠이 아사히의 얼굴을 들여다봤다. 아사히는 신경 쓸 겨를도 없이 새빨개진 볼을 누른 채 눈을 꼭 감았다. 그리고 몇 가지 결심을 굳혔다.

결정했다.

앞으로는 삼시 세끼 꼭 챙겨 먹자.

수면 시간도 되도록 확보하자. 술은 애초에 별로 마시지 않고, 담배도 피우지 않으니까 괜찮고, 단 걸 되도록 피하자. 그리고 혈액이 묽어지게 해주는 양파를 최대한 먹어야지. 가능하면 운동도 해야지.

만일의 경우에는— 아사히가 미사키 젠의 비상식량이 돼야 한다.

"세나 씨, 세나 씨의…… 사고회로가 왠지 묘한 방향으로 튀지 않았나요?"

그때였다.

쿵 하고 날려버리기라도 할 듯한 기세로 방문이 열리고 나츠키가 달려 들어왔다. 다카라와 가나에도 그 뒤를 따라 들어왔다.

"아사히 짱! 미사키! 무사해?"

"젠, 아사히 짱은? 무사한 거지?"

"아, 아사히 씨, 아사히 씨를 구하러 왔어요. 이제 괜찮아요!"

세 사람이 제각각 말하면서 이쪽으로 달려들었다. 나츠키만 도중에 발걸음을 멈추고 바닥에 널브러져 있는 달걀귀신 쪽으로 방향을 전환했다.

"미사키, 범인은 이 자식이야? ……어이, 미사키, 너 혹시 팔 꺾었어? 수갑 못 채우잖아."

"미안합니다. 그다지 저항은 하지 않았습니다만, 저도 모르게 그만."

"모르게 그만이라니, 너……. 아니, 저항도 안 하는데 팔을 왜 꺾어……."

일단 임시로 나츠키가 부러지지 않은 쪽 팔에 수갑을 채웠다. 근처 책상 다리에도 이미 한쪽 수갑을 채우고 도망칠 수 없게 만들었다.

"그래서 아사히 짱은? 무사한 거야?"

"세나 씨는, 아무래도 건강 관리에 눈을 뜬 모양입니다."

"뭐?"

미사키 젠이 어이없다는 투로 말하자, 나츠키가 벙찐 표정으로 돌아봤다.

"젠, 무슨 소리야? 아사히 짱이 이런 무서운 일을 당했는데…….
어머, 뭐야, 진짜네."

"진짜네? 미사키 씨, 아사히 씨한테 무슨 소리를 한 거예요?"

"그, 그만하세요. 지금 제 생각을 읽지 마세요, 좀."

다카라와 가나에까지 얼굴을 들여다보는 바람에 아사히는 다시
빨개진 얼굴을 양손으로 열심히 숨겼다. 인간 외의 존재는 쉽게 인
간의 생각을 읽지 말아줬으면 좋겠다. 부끄러워서 못 견디겠다.

"……뭐야. ……역시 부러운 녀석이군."

달걀귀신이 바닥에 널브러진 채 나직이 그런 말을 중얼거리는
게 들리는 듯했다.

그 후 아사히는 다카라의 차로 병원까지 실려 갔다. 미사키 젠과
나츠키는 달걀귀신을 어딘가로 연행했다.

머리를 맞은 아사히는 그대로 하루 동안 검사를 위해 입원했다.
관자놀이의 상처는 세 바늘 정도 꿰맸지만, 뇌나 뼈에는 별다른 이
상이 없었다.

이제 돌아가도 된다는 말을 듣고 옷을 갈아입은 후 돌아갈 준비

를 할 때였다.

야마지가 병실에 나타났다.

"이것 참, 고생이 많으십니다, 세나 씨. 병문안 왔습니다."

"……저, 지금 돌아가려고 하는 중인데요."

"그렇습니까. 그렇다면 이건 선물로 받아주세요."

아사히는 큼지막한 과일 바구니를 건네 받았다. 바나나에 사과에 망고에 오렌지에 파파야, 멜론까지 들어 있다. 아사히 혼자서 다먹을 자신이 없다. 그보다 엄청 무겁다.

"저기, 이런 비싼 걸 받을 수는……."

"아니에요. 이번에는 정말 큰일을 당하셨으니까. 그 정도 상처로 끝난 게 다행이긴 하지만 만에 하나 무슨 일이 생겼다면 저는 세나 씨 가족에게 면목이 없습니다."

야마지는 그렇게 말하며 왜인지 멋대로 침대 옆에 있는 둥근 의자에 앉았다. 딱 봐도 무거운 걸 들고 있느라 팔을 덜덜 떨고 있는 아사히의 손에서 다시 과일바구니를 넘겨 받고 침대 위에 올려놓았다. 그리고 아사히도 앉으라고 손짓으로 재촉했다.

아사히는 어쩔 수 없이 침대에 앉았다.

"……야마지 씨 혼자 오셨어요?"

"네, 일은 전부 하야시바라에게 떠넘기고 왔습니다. 병문안 왔다는 말은 진심이에요. 세나 씨한테 무슨 일이 생기면 곤란하기 때문에 걱정됐습니다. 건강해 보이니 다행입니다."

"저한테 무슨 일이 있든 딱히 야마지 씨가 곤란하지는 않잖아요?"

"곤란합니다. 전에도 말했듯이 세나 씨가 오래 일해주지 않으면 내가 곤란해요. 왜냐하면 세나 씨는 경찰청에서의 하야시바라 나츠키와 같은 존재니까요."

"네······?"

뭐가 뭔지 잘 모르겠다. 확실히 아사히도, 나츠키도 미사키 젠의 담당이라는 의미에서는 똑같지만.

야마지는 어깨를 으쓱하고 슬쩍 웃었다. 늘 그랬던 것처럼 형식적인 웃음이 아니라 다른 웃음처럼 보였다.

"미사키 젠 선생이 끝까지 인간의 편이 되려면 인간을 사랑해야 할 존재라고 계속 생각할 필요가 있습니다. 무엇보다 인간이라는 존재는 어리석고 더러운 생명체예요. 미사키 젠 선생이 언제 포기한다고 해도 이상하지 않죠. 하지만 그렇지만은 않다는 걸 보여주기 위해 저는 하야시바라라는 인간을 골라서 그 선생 옆에 뒀어요. ······그렇지 않으면 그 선생은 어떤 형태로든 언젠가 깊은 어둠에 빠져버릴 테니까요."

가느다란 눈을 더욱 가늘게 뜨면서 야마지가 말했다.

왠지 야마지는 언젠가 오하시가 했던 말과 비슷한 말을 하고 있는 듯했다.

"그리고 세나 씨는 기오사가 미사키 젠 옆에 두기 위해 선택한 인재입니다. ······저는 하야시바라 정도로 적임자라고 생각하고 있어요."

"아뇨. 저 같은 게······."

"세나 씨, '저 같은 거'라는 말이 말버릇이라면 고치는 게 좋습니다. 세나 씨는 충분히 세나 씨만의 가치가 있어요."

야마지가 한 번 더 어깨를 으쓱하며 웃었다. 그런 식으로 웃으면 이 사람도 그렇게 무섭게 보이지는 않는구나. 아사히는 처음으로 깨달았다.

야마지는 과일 바구니에 눈길을 주고는 갑자기 화제를 바꿨다.

"세나 씨, 바나나 좋아하세요?"

"네? ……뭐, 그럭저럭."

"그렇습니까? 그럼 바나나 하나를 가져가는 대신 좋은 걸 가르쳐 드릴까요."

아사히의 대답을 기다리지 않고 야마지는 멋대로 과일 바구니를 덮고 있던 랩을 벗기고 바나나를 하나 집어 들었다.

"그 달걀귀신 얘깁니다. 체포에 협력해주셔서 감사합니다. 그건 이수계의 데이터베이스 등록도 거부하고 있던 무뢰한이었고, 어설프게 이리저리 얼굴을 바꾸는 데다가, 오랜 세월 누군가의 흉내를 내며 살아가는 방법을 갈고닦아 왔기 때문에 좀처럼 관리가 쉽지 않았어요. 존재만은 우리 쪽도 인식하고 있었습니다만, 상태 파악이 안 돼서. 그렇다고는 해도 지금까지는 눈에 띨 만한 범죄를 저지른 적은 없었습니다. 문제가 없으면 방치할 수밖에 어쩔 수가 없다고 생각했어요."

하지만 이번에 결국 달걀귀신은 범죄를 저질렀다. 하필이면 인간을 죽이고, 그 자리를 대신 차지하려고 했다.

야마지가 보기에는 매우 희한했다고 한다. 그 달걀귀신은 꽤 현명하고 우수한 요괴였다. 긴 세월 감시의 눈을 피해 다양한 인간과 계약을 맺고 대리인으로서 모든 일을 능숙하게 처리해왔으니까. 그건 그렇게 쉬운 일이 아니다. 그걸 가능하게 하는 지혜와 판단력 그리고 계약한 인간과 같은 능력이 필요한 일이다. 계속 그렇게 살았다면 달걀귀신이 붙잡힐 리 없었을 것이다.

"그래서 어제 심문할 때 물었습니다. 왜 흉내 내는 것에서 그치지 않고 완전히 진짜를 차지하고 싶었습니까, 라고─"

야마지의 질문에 달걀귀신은 처음엔 좀처럼 대답하려 하지 않았다고 한다.

하지만 곧 나직이 말했다.

부러웠다고.

"부럽다니, 왜 그런 생각을……. 나 같은 게 되어봤자 좋은 일 같은 거 없는데요."

"그 달걀귀신에게는 그렇지 않았던 모양이에요. 달걀귀신은 어쩌다 길에서 마주친 세나 씨의 모습을 빌렸습니다. 처음엔 딱히 세나 씨가 되고 싶다는 생각은 없었다고 합니다. 다음 계약 상대를 찾을 때까지 공백을 메우려고 했던 모양이에요. 하지만 세나 씨 모습으로 여기저기 돌아다니다 보니 신기할 정도로 여러 사람들이 말을 걸어왔다고 합니다. '오랜만이야'라든가, '잘 지냈어?'라든가, '여기서 뭐 하는 거야?'라든가."

……혹시 아사히의 친근하고 평범한 얼굴 때문이었을까. 만나는 사람 대부분이 초등학생 때 반 친구였던 누군가를 닮았다고 말할 정도로 일본인 평균 얼굴이기 때문이 아니었을까.

야마지는 바나나 하나를 떼서 눈앞에 놓아두고 바라보며 이야기를 계속했다.

"그 달걀귀신은 지금까지 연예인의 모습을 빌린 경우가 많았다고 합니다. 물론 주변에서 알아보고 말을 걸기도 했겠죠. 하지만 일반인 모습을 빌려서 지금까지 누군가 말을 걸었던 적은 없었다고. 말을 걸어온 사람들이 다들 그야말로 친근한 표정을 짓고 있었다고 합니다. 그래서 달걀귀신은 당신이 주변 사람들에게 사랑받고 있다는 사실을 알게 됐어요."

"음……."

"아마도 그 달걀귀신은 그때 자신이 줄곧 외로웠다는 걸 깨달은 것 아닐까요. 누군가의 흉내만 내며 살아온 달걀귀신에게 친구 따윈 생기지 않았을 테니까요."

예를 들어 빌린 얼굴로 얼굴 주인의 친구들을 만난다면.

당연히 친근하게 대해줄 것이다. 하지만 그건 그 친구들이 달걀귀신을 좋아하기 때문이 아니다. 어차피 빌린 사람의 친구들이다.

누구도 달걀귀신의 진짜 얼굴을 모른다. 다들 자신이 알고 있는 사람이라고 믿고 달걀귀신에게 말을 건다. 달걀귀신은 그들의 말에 웃으며 대답했을 것이다. 하지만 그 웃는 얼굴조차 빌린 것이다.

진짜가 있는 한, 달걀귀신이 가지고 있는 것은 모두 빌린 것, 가짜다.

"누구라도 될 수 있다는 건 누구도 될 수 없다는 말과 같은 의미입니다. 그 달걀귀신은 지쳤던 모양입니다. 빌린 얼굴에도, 빌린 보금자리에도, 빌린 인생에도. 그러니까 진짜를 없애고 자신이 그 자리를 차지하고 싶어졌죠. 그러면 그 친근한 표정이 정말로 자신을 향하게 되리라고 생각한 걸까요……. 바보 같군요."

야마지는 자리에서 일어서 바나나를 코트 주머니에 쑤셔 넣고 문 쪽을 향해 걸었다.

"그럼 저는 이만 가보겠습니다. 세나 씨, 모쪼록 몸조리 잘하시길."

"저, 저기."

아사히는 나가려고 하는 검은 뒷모습을 무심결에 불러 세웠다.

야마지가 발걸음을 멈췄다.

"저기…… 달걀귀신 말인데요."

아사히는 달걀귀신에 대해 물어보려다가, 달걀귀신의 이름도 모른다는 사실을 깨달았다. 그녀에게 이름은 있을까. 모르겠다. 분명 있을 것이다. 아사히가 알게 될 일은 없을지도 모르지만, 그래도 이것만큼은 묻고 싶었다.

"그 사람은 앞으로 어떻게 되나요?"

인간 외의 존재가 죄를 저질렀을 때 어떤 식으로 처벌받을까. 설마 인간과 마찬가지로 통상적인 재판을 받을 리는 없을 것이다.

야마지가 돌아봤다.

"그건 말씀드릴 수 없습니다."

"네?"

"세나 씨는 미사키 젠의 관계자이기는 하지만 경찰은 아닙니다. 이수계 쪽 사람은 더욱 아니고요. 모든 걸 알려줄 의무도 필요도 없습니다."

딱 자르는 말투다.

그리고 야마지는 빙그레 웃었다. 늘 그랬듯 가면 같은 미소였다.

"그럼 안녕히 계세요. 또 조만간에 뵙지요."

야마지는 그렇게 말하고 가볍게 고개를 숙여 인사한 뒤 이번에는 정말로 병실을 떠났다. 새까만 코트의 주머니에서 슬쩍 보이는 바나나의 노란색이 묘하게 눈에 띄었다.

"아, 아사히, 출근해도 돼?"

"으악, 세나 씨, 정말로 다쳤잖아⋯⋯. 무리하지 마."

선배 편집자들은 다음날 출근한 아사히를 따뜻하게 맞이해주었다.

다카야마가 아사히의 머리에 감긴 붕대를 엄청 아프겠다는 표정으로 바라봤다.

"모르고 바나나 껍질을 밟았다가 넘어졌다고 편집장님한테 들었는데, 설마 머리를 부딪혔을 줄이야. 운이 나빴네. 그보다 바나나 껍질 밟고 넘어지는 사람이 진짜로 있네."

"아하하, 저도 깜짝 놀랐어요! 걱정시키고 폐 끼쳐서 죄송해요!"

다카야마의 말에 아사히는 약간 굳은 미소를 지었다. 달걀귀신에게 맞아서 납치됐다는 말을 다른 직원에게 할 수는 없으니, 오하시가 적당히 이야기를 지어낸 모양이다. 하지만 이왕 만들어내는 거 좀 더 제대로 된 이야기였으면 했다. 편집장 자리 쪽으로 슬쩍 눈을 돌리자, 오하시가 컴퓨터 키보드를 두드리며 수그린 채, 필사적으로 웃음을 참고 있었다. 너나 바나나 껍질 밟고 넘어져라. 아사히는 마음속으로 오하시에게 저주를 걸었다.

문득 자신의 책상 끝을 보니 캐러멜과 사탕이 잔뜩 있었다. 아마도 사요 씨겠지. 사요 씨에게도 꽤 걱정을 끼쳤나 보다. 평소 놓아두는 양보다 더 많다.

"아, 그러고 보니 아사히, 어제 가도와키 선생님한테 전화 왔어."

"네?"

"원고 메일로 보냈다고. 답이 없기에 혹시 몰라서 전화해봤대. 쉬고 있다니까, '그래요?'라고 하던데."

다카야마의 말을 듣고 아사히는 얼른 컴퓨터를 켜 메일 화면을 열었다. 쉬었던 만큼 읽지 않은 메일이 산처럼 쌓여 있었다. 가도와키 히사시에게서 '원고 송부의 건'이라는 제목으로 첨부파일이 있는 메일이 도착해 있었다.

얼른 읽고 싶었지만, 다른 처리해야 할 일이 쌓여 있었다. 결국 밤이 되어서야 원고를 읽을 수 있었다. 선배들은 다쳤으니 얼른 집에 가라고 했지만 읽는 도중에 돌아가고 싶은 마음은 들지 않았고, 정신을 차리고 보니 편집부에 남아 있는 사람은 자신과 오하시뿐이었다.

쿵 하고 작은 소리가 들려서 아사히는 얼굴을 들었다.

오하시가 아사히의 책상에 밀크티 캔을 놓는 소리였다.

"어때? 가도와키 선생의 원고."

오하시가 자기 몫인 블랙커피 캔을 따면서 물었다.

아사히는 코를 한번 훌쩍이고 책상에 놓인 티슈 상자를 끌어당겨 눈가를 닦고 코를 풀었다.

"……편집장님."

"뭐야."

"……저 이거 빨리 책으로 만들고 싶어요."

"그렇게 걸작이야? 걸작이 탄생해버린 건가. 베스트셀러 확정이야?"

"……그것까진 아직 모르겠지만. 손을 좀 봐야 할 필요도 있을 것 같긴 해도, 그래도……."

"그래도 좋은 이야기인 거야?"

"……네."

"그래? 그럼 빨리 책으로 만들어야지."

오하시가 말했다. 아사히는 여전히 코를 훌쩍이면서 고개를 끄덕였다.

가도와키 히사시의 작풍은 누구나 한 번쯤은 경험한 청춘 시절의 아픔이나 기쁨을 공감하기 쉬운 문장으로 생생하게 써내려가는 것이다. 지금까지는 굳이 따지자면 사랑보다 우정이나 가족에 대한 이야기가 메인인 경우가 많았다.

하지만 이번에는 사랑 이야기였다.

무척 풋풋한 소년과 소녀의 사랑 이야기.

……아, 빨리 책으로 만들고 싶다. 아사히는 생각했다. 오하시가 옆에 없었다면 프린트한 원고를 껴안고 있었을지도 모른다.

아직 책으로 만들지 않은 원고를 회사 밖으로 가져가 외부인에게 보여주면 안 된다. 그래서 빨리 책으로 만들고 싶었다. 한시라도 빨리 책으로 만들어서— 가나에와 미사키 젠에게 보여주고 싶었다.

이 이야기 속 주인공이 사랑한 소녀의 모습에서 틀림없이 가나에가 보였기 때문이었다.

그때 미사키 젠은 가도와키 히사시의 기억을 분명 지웠다.

하지만 어딘가에 이미지만은 남았을지도 모른다. 누군가를 사랑한 기록을 완전히 지워버리는 건, 사실은 불가능할지도 모른다. ……혹은 미사키 젠이 일부러 그렇게 했는지도 모른다.

아사히가 할 수 있는 일은 이걸 작품으로 두 사람에게 전달하는 것뿐이다.

아사히가 미사키 젠의 집을 방문한 건 그 다음 날 밤이었다.

미사키 젠의 방문을 열어준 루나는 어째서인지 아사히를 올려다보고 하악질을 하며 위협했다. 뭐지. 늘 퉁명스러운 태도이긴 했지만 이렇게 드러내놓고 위협하는 건 요즘 줄어들었는데.

거실에 들어서자 오늘은 웬일로 나츠키의 모습이 없었다. 아직 달걀귀신 건을 처리하느라 바쁜 걸까.

"미사키 선생님, 안녕하세요……. 괜찮으세요? 엄청 졸려 보이네요."

미사키 젠은 평소처럼 소파에 앉아 있었다. 눈앞에 있는 테이블에 홍차 잔이 놓여 있었지만, 손을 댄 흔적은 없었다. 의자 등받이에 파묻혀 앉아 있던 건 어쩌면 졸고 있던 것일지도 모른다.

"혹시 또 늦게까지 영화 보셨어요? 적당히 하시지 않으면 몸에 안 좋아요. 잠은 충분히 주무셔야죠."

아사히가 그렇게 말한 순간 거실에 붙어 있는 부엌에서 루나가 다시 하악질 하는 소리가 들린다. 대체 아까부터 왜 저러는 걸까.

"루나, 그만해. 미안해요. 어젯밤은 모처럼 녹화해둔 〈이웃집에 신이 산다〉를 아직 못 봤다는 게 떠올라서 저도 모르게."

"아, 〈이웃집에 신이 산다〉! 그거 저 개봉했을 때 극장에서 봤어요! 이래저래 초현실적인 이야기인데 저는 엄청 좋았어요. 테이블 위에서 빙글빙글 춤추는 장면이 엄청 몽환적이고 인상 깊어서요."

"네, 그 장면은 무척 좋았어요. 하지만 카트린느 드뇌브가 고릴라와 사랑에 빠져서 베드신까지 찍은 건 조금 놀랐습니다. 〈셰르부르의 우산〉에 나왔던 그 사람이었다고 생각하면 뭔가 복잡한 기분이에요……. 그보다 세나 씨, 극장에서 봤다면 혹시 팸플릿도 가지고 있으신가요?"

"네, 샀어요! 다음에 올 때 가지고 올게요. 선생님, 그 대신이라고 말하기는 뭐하지만, 〈8명의 여인들〉 DVD 혹시 갖고 계세요? 저 그거 엄청 좋아하는데, 안 갖고 있어서. 지금 카트린느 드뇌브 이름을 듣고 생각났어요."

"아, 거기 두 번째 단에 있을 텐데. 알아서 가지고 가세요."

그런 거래가 성립되는 사이에 루나가 아사히에게 홍차를 가지고 왔다.

아사히는 손에 들고 있던 종이봉투의 존재를 깨닫고 말했다.

"저기, 미사키 선생님. 오늘은 과일을 좀 가지고 왔는데……. 망고나 파인애플 어떠세요? 드실래요?"

"먹긴 합니다만, 어디서 난 건가요?"

"야마지 씨가 병문안을 왔었거든요."

181

아사히가 그렇게 말한 순간 미사키 젠은 대놓고 싫은 표정을 지었다.

"선생님, 음식에는 죄가 없습니다. 아주 훌륭한 과일 바구니인데 도저히 혼자서는 다 먹을 수가 없어서요. 받아주시면 감사하겠습니다."

"……뭐, 좋습니다. 여기 놔두면 나츠키가 와서 해결할 거예요."

본인이 먹을 생각은 없는 모양이다. 루나가 아사히의 손에서 종이봉투를 받아다가 부엌으로 가지고 갔다. 이번에도 역시 하악질로 아사히를 위협하면서. ……아사히가 뭔가 루나의 심기를 거스르는 짓을 한 걸까.

"그래서 세나 씨, 그때 상처는 정말로 괜찮으세요?"

"네, 뇌도 뼈도 이상 없대요. 꿰맨 부분도 머리카락으로 감출 수 있고, 시간이 지나면 눈에 띄지 않겠죠."

"그런가요. ……다행이네요."

미사키 젠이 정말로 안심한 듯 고개를 끄덕였다. 아사히는 엄청 걱정 끼치고 말았다는 사실을 새삼 깨닫고 미안한 기분이 들었다.

미사키 젠이 홍차 잔을 들어 무심코 반해버릴 만큼 우아한 동작으로 입에 가져간다. 아사히는 그 모습을 바라보며 그러고 보니 오랜만에 이 집을 방문했다는 사실이 떠올랐다. 한동안 미사키 젠과 얼굴을 마주치기가 껄끄러워서 피했기 때문이다. 담당 편집자인데.

"……선생님, 한 가지 보고 드릴 일이 있어요."

"뭔가요?"

"가도와키 선생님 일인데요."

아사히의 말에 미사키 젠이 잔을 내려놓았다. 아사히는 자신을 바라보는 눈동자를 마주 바라보며 가도와키 히사시가 신작 원고를 보내왔다는 사실을 보고했다. 원고의 내용 중에 가나에에 대한 기억이 희미하게 보였다는 사실도.

미사키 젠은 말없이 아사히의 이야기를 듣고 조용히 미소 지었다.

"그렇습니까. 책이 얼른 나오면 좋겠네요. 출판되면 저도 읽어보고 싶습니다."

"네, 꼭 가지고 올게요."

아사히는 고개를 끄덕였다.

그리고 자세를 고쳐 앉고 새삼 미사키 젠을 바라봤다.

"미사키 선생님."

"네."

"미사키 선생님의 원고를 책으로 내는 것도 제 일이에요."

다시 잔을 들려던 미사키 젠의 손이 멈추고 잿빛 눈동자가 아래를 향했다. 아사히는 가슴 깊은 곳에서 아픔 같은 걸 느끼면서도 말을 계속 이었다.

"서두르지 않으셔도 괜찮아요. 미사키 선생님 자신이 정말로 쓰고 싶은 걸 찾았을 때 쓰셔도 괜찮아요. 하지만…… 저는 언제까지나 기다리고 있어요. 미사키 선생님의 원고를."

"……미안해요, 세나 씨. 저는 아직…….'"

"아니에요. 서두르지 마시라고 말씀드렸잖아요. 아직 쓸 마음이 없으시다면 무리하지 마세요. ……미사키 선생님이 쓰고 싶어지도

록 제가 도와드릴 수 있다면 좋겠다고는 생각하지만요."

유능한 편집자나 좋은 편집자라는 건 구체적으로 어떤 것일까. 솔직히 말하면 아사히는 아직 잘 모른다. 선배 편집자들을 보면서 대단하다고 생각하지만, 그들이 실제로 작가와 어떻게 일하고 있는지 전부 알 수 있을 리 없고, 일하는 방식은 작가에 따라 달라질 수 있다.

다만 아사히는 아사히 나름대로 최대한 신중하게, 그리고 성실하게 작가와 일하고 싶었다.

그게 원고를 마냥 기다려야 하는 일이라면 기다리자. 같이 고민해도 괜찮다면 한밤중이라도 돕고 싶다. 그리고 언젠가 미사키 젠이 뭔가를 쓰고 싶은 마음이 들었을 때는 전력으로 도와주고 싶다.

"그러니까, 언젠가, 언제라도 좋아요. ……소설을 써주신다면 정말 기쁠 것 같아요."

아사히가 그렇게 말했을 때였다.

갑자기 무언가가 대량으로 아사히의 머리 위로 쏟아졌다.

"꺄!"

바스락 소리를 내며 우수수 떨어진 무언가는, 무게가 실리지 않은 듯했다. 딱히 몸에 닿아도 아프지 않고, 뜨겁지도 차갑지도 않다. 양이 엄청 많을 뿐이다. 아사히의 눈앞에서 하얗고 네모난 것이 나풀나풀 춤춘다. 어깨에 떨어졌다가 미끄러져 떨어진 노트가 무릎 위에서 반쯤 펼쳐졌다. 주변을 둘러보니 대량의 종이와 노트가 아사히를 중심으로 흐트러져 있었다. 쏟아져 내린 것의 정체가 이것인가 보다.

"루나! 무슨 짓이죠!"

미사키 젠이 아사히의 등 뒤를 향해 외쳤다.

아사히가 앉아 있는 소파 바로 뒤에 루나가 서 있었다. 기세등등한 표정으로 팔짱을 끼고 으스대고 있다. 뭐지. 루나는 대체 무슨 말이 하고 싶은 걸까.

그때 아사히는 흩어져 있는 종이 대부분이 원고지라는 사실을 깨달았다.

"어…… 이건."

"―아, 안 돼요. 세나 씨, 안 돼!"

미사키 젠이 웬일로 당황한 모습으로 자리에서 일어나 아사히 주변에 흩어져 있는 종이와 노트를 긁어모으기 시작했다. 하지만 아사히는 미사키 젠에게 뺏기기 전에 자신의 무릎 위에 있는 노트와 발밑에 떨어진 종이 몇 장을 재빠르게 주웠다.

"세나 씨! 안 돼요! 읽지 마세요!"

미사키 젠이 손을 뻗었다. 아사히는 소파에서 일어나 쫓아오는 미사키 젠에게서 도망가며 손에 잡은 종이를 눈으로 쭉 훑었다.

종이 중에는 원고지도 있고, 그냥 새하얀 종이도 있지만 모든 종이에는 글자가 적혀 있었다. 원고지만 빼고 다른 종이나 노트에 적힌 글씨 반 이상이 일본어가 아닌 걸 보고 새삼 미사키 젠이 외국인이라는 생각이 들었다. 워낙 일본이가 유창하다 보니 때때로 잊어버리지만.

"세나 씨! 돌려주세요!"

아사히의 어깨 너머로 미사키 젠의 팔이 뻗어 나와 아사히의 손에서 종이들을 채갔다.

아사히는 돌아보며 미사키 젠을 올려다봤다.

미사키 젠은 아사히에게 빼앗은 종이를 껴안고 멋쩍은 표정을 짓고 있었다.

"미사키 선생님."

"……네."

"이거 원고예요? 아니면 플롯?"

"……뭐, 그런 비슷한 거예요."

"뭐라고요?"

아사히는 무심코 발돋움해서 자신보다 훨씬 높은 곳에 있는 미사키 젠의 얼굴을 가능한 한 가까이서 올려다봤다.

"원고 쓰셨잖아요! 왜 얘기 안 하세요? 전혀 안 쓰신 줄 알았는데!"

"원고라고는 해도 아직은 플롯에 털이 하나 자란 정도일 뿐입니다."

"털이 자랐으면 자랐다고 말해주세요! 아니, 털이 자랄 수 있는 지하 공간이 생긴 단계에서 신고해주세요! 혹시 요즘 계속 잠을 못 잤다는 게 사실은 영화를 보느라 그런 게 아니고 원고 때문에……."

루나가 건너편에서 자기가 뿌려놓은 종이를 정리하며 아사히의 말이 맞다는 듯 고개를 끄덕이고는 주워 모은 노트와 종이 뭉치를 들어 올려 보여주었다. '어떠냐! 우리 주인은 제대로 일을 하고 있었다고!'라는 얼굴로.

아사히는 무심결에 한 손으로 얼굴을 감쌌다. 그런 줄도 모르고 아사히는 미사키 젠이 취미생활에만 빠져 있다고 오해했었다.

"정말……. 플롯 완성됐으면 됐다고 말 좀 해주세요."

"……아직 이걸 쓰겠다고 결정한 게 아니에요. 시험 삼아 몇 종류, 첫 부분만 써본 겁니다. 근데 아직 확실하게 떠오르는 게 없어서요."

"그렇다고 왜 거짓말까지 해가며 원고를 숨기세요? 플롯이 나왔으면 저한테 의논이라도 하면 좋잖아요. 그러기 위해서 여기에 오는 거예요."

"그건……."

미사키 젠이 우물거리며 말하기 싫다는 듯 눈을 피했다.

아사히는 한숨을 쉬었다.

"제가 아직 미숙하고, 의논해봐야 별수 없다고 생각하세요?"

"그건 아닙니다. 절대 아니에요."

"그럼 얘기해주시면 되잖아요."

"그러니까, 그게―"

미사키 젠은 아사히에게 뺏은 종이를 껴안은 채 곤란한 표정을 지었다. 그런 표정을 보고 있으면 아사히로서는 심각한 이유가 있는 건가 싶어서 괜히 더 알고 싶어진다.

결국 미사키 젠이 까치발로 서서 계속 올려다보는 아사히에게 졌다는 듯이 말했다.

"……저기요, 세나 씨. 세나 씨는 정말로 생각하는 게 얼굴에 다 보이는 사람이에요."

"아, 역시 저 때문인가요? 죄송해요!"

"아뇨, 그게 아니고…… 전에 세나 씨가 말했죠? 제가 쓰는 소설의 팬이라고."

"네. 고등학생 때부터 계속."

"그럼…… 그런 사람한테 변변치 않은 걸 보여줄 수는 없잖아요."

"……네?"

아사히는 무슨 뜻인지 알 수 없어서 고개를 갸웃했다.

미사키 젠은 뭔가 말하려다가 머뭇거리더니 한숨을 쉬고는 팔 안의 종이를 고쳐 안고, 다시 입을 열었다.

"……저는 지금까지 딱히 독자를 의식하지 않고 써왔어요. 그래도 상관없다고 생각했습니다. 하지만 세나 씨랑 있으면 좋든 싫든 의식하지 않을 수가 없어요."

미사키 젠이 뭔가 질색하는 말투로 말했다.

"게다가 세나 씨는 제가 쓴 걸 누구보다 제일 먼저 읽는 사람입니다. 그런 사람에게 끝까지 제대로 쓸 수 있을지 없을지도 모르는, 플롯으로서도 아직 미숙한 글을 보여줬는데…… 실망하면 싫잖아요."

아사히는 놀랐다.

미사키 젠의 말투는 여전히 질색하는 말투였지만 기분 탓인지 어렴풋이 볼이 빨개진 것 같았다. 미사키 젠은 아사히의 시선을 눈치채고 은근슬쩍 시선을 피했지만 이미 늦었다.

처음 봤다. 미사키 젠이 진심으로 부끄러워하는 얼굴을.

어떡하지. 엄청 실례되는 말일지도 모르겠지만, 뭔가 엄청……귀엽다. 미사키 젠인데.

"미사키 선생님, 담당 편집자의 역할은 미완성인 글을 완성할 수 있도록 돕는 거예요."

"미완성인 걸 보여줄 수는 없습니다."

"그럼 언제 보여주실 거예요?"

"분명 납득 가능한 형태가 되면 확신할 수 있을 겁니다."

"……제가 도와드리면 안 되나요?"

"세나 씨는— 그냥 있어주시면 그걸로 충분합니다."

"네……?"

"가끔 와서 영화 이야기를 하고, 그것 말고도 이런저런 이야기를 해주면 그걸로 충분해요. 뭔가가 떠오르려고 하는 기분이 드니까요."

그렇다면 아사히가 지금까지 해온 것과 아무것도 달라지는 게 없다. 전혀 편집자로서의 일이 아니라는 생각이 들지만, 그래도 뭔가 기뻤다.

무엇보다 미사키 젠이 쓸 마음이 들었다는 게 너무 기뻐서 어찌할 바를 모르겠다.

미사키 젠이 아사히에게 원고를 보여주게 될 날은 언제일까.

그 이야기는 대체 어떤 이야기일까. 미사키 젠이 지금까지 써온 환상연애소설들은 그 종류가 다양했다. 밝은 이야기도 있으면 어두운 이야기도 있고, 밝게 빛나는 별을 박아놓은 듯 사랑스러운 이야기도 있었다. 다음에 나오는 이야기는 어떤 이야기일까.

기대된다. 벌써 기다려진다.

"……그것 봐요. 세나 씨는 독자의 시선으로 허들을 높인다니까요."

미사키 젠이 못 말리겠다는 듯 한숨을 쉬며 말했다. 아사히는 어쩔 수 없다고 생각했다.

그야 아사히는 편집자인 동시에 미사키 젠 작품의 애독자이기 때문이다. 누구에게도 지지 않을 만큼 미사키 젠의 소설을 늘 가슴에 품고 있는 팬이다.

"뭐 어때요. 이왕이면 허들은 높게 잡아요! 미사키 젠이 지금까지 써온 글 중에서도 가장 걸작이라고 불릴 수 있는 녀석으로 부탁드릴게요. 지금부터 '최고 걸작!'이라는 띠지를 준비해둘 테니까요."

"너무 허들을 높이면 작가는 넘어집니다."

"넘어지면 일으켜 세우는 것도 담당 편집자의 일이에요."

"이리저리 변명만 하시네요, 세나 씨는."

미사키 젠이 종이를 껴안은 채 소파 쪽으로 돌아갔다. 슬쩍 종이 뭉치 사이에 한 장이 바닥에 떨어졌다. 아사히는 그걸 주웠다.

"……이거 한 장만 읽으면 안 되나요?"

"몰래 집어 먹는 건 경박한 짓입니다."

쌀쌀맞은 목소리와 함께 순식간에 뺏겼다. 아무래도 오기 때문에라도 보여줄 마음이 없는 듯하다.

뭐, 괜찮다. 조금 시간이 걸려도 괜찮다.

언젠가 반드시 미사키 젠은 아사히에게 원고를 보여줄 것이다. 플롯이 확실하게 잡힌 뒤일지 아니면 초고를 완성한 뒤일지는 모르겠지만.

아사히는 분명 설레는 마음으로 그 글을 읽겠지. 미사키 젠은 어쩌면 조금은 긴장하며 아사히의 답을 기다릴지도 모른다.

그리고 언젠가 원고가 완성되면 아사히가 그걸 책으로 만들 것이다.

미사키 젠의 팬들은 다들 모여 책을 사러 오겠지. 그리고 오랜만에 읽는 미사키 젠의 신작 장편에 분명 만족할 것이다. 항간에 화제가 된 그 책은 평소에 미사키 젠의 책을 읽지 않는 사람들의 손에도 전달될 것이다. 그 사람들은 이런 책을 쓴 작가가 있다는 사실을 처음으로 알게 된다.

그중에는 혹시라도 미사키 젠의 운명의 연인이 있을지도 모른다.

그리고 인간과 인간이 아닌 자의 연애가 이번에야말로 제대로 해피엔딩을 맞을지도 모른다.

전부 언젠가의 이야기다. 언제가 될지 알 수 없는 미래의 이야기.

지금은 그걸로 괜찮다.

하지만 언젠가 반드시, 그 '언젠가'는 내일이 되고, 오늘이 된다.

그날이 올 때까지 아사히는 미사키 젠의 곁에 있고 싶었다.

무슨 일이 있든.

【extra】 당신의 주인에 대해서

슬플 때나 쓸쓸할 때는 좋아하는 걸 떠올리렴.

그렇게 가르쳐준 건 엄마였다.

공원 벤치 아래에서 아직 어렸던 나와 여동생과 남동생의 머리를 까끌까끌한 혀로 핥아주며 엄마는 이런저런 것들을 가르쳐줬다. 음식을 발견하는 법. 그루밍하는 법. 아픈 쥐는 먹으면 안 된다는 것도.

항상 먹을 게 있는 건 아니란다. 잠자리를 잃을 때도 있고 혼자 살아가야 할 때도 있어. 하지만 기억하렴. 슬플 때도, 괴로울 때도, 외로울 때도 고양이라면 자부심을 갖고 살아가야 해. 좋아하는 걸 떠올리면서 꼬리를 쭉 뻗고 가슴을 펴고 당당해야 한다.

지금까지도 나는 엄마의 말을 가끔 떠올린다.

그러니까 그건, 괴로울 때는 행복했던 때를 떠올리라는 말이라고 생각한다.

나에게는 이렇게 좋아하는 게 있었다. 이렇게 행복한 때가 있었다. 그러니까 괜찮아. 앞으로도 잘 살아갈 수 있다. 길고양이의 삶은 아주 힘드니까 이렇게 좋아하는 것에 대한 기억을 평소에 최대한 모아둘 것. 인간이 저축하는 것과 마찬가지다. 고양이는 돈이 아닌 추억을 저축한다. 그리고 매번 꿈속에서 추억을 반추한다. 고양이가 자주 자는 건 그런 즐거움을 알고 있기 때문이다.

지금의 내 생활은 길고양이 시절과는 완전히 달라서 괴로운 일은 거의 없다.

하지만 예전 버릇 때문인지 나는 지금도 좋아하는 것을 헤아려

보는 게 좋다.

푹신푹신한 이불, 맛있는 밥, 바닥을 반짝반짝 청소한 뒤 혼자서 몰래 뒹굴기, 주인이 지어준 이름, 주인이 준 옷, 주인의 손, 주인의 목소리, 주인의 전부.

그렇다, 나는 내 주인이 정말 좋다.

주인과의 만남은 아주 오래전의 일이었다.

그 시절 나는 지금과 다른 나라에 있었다. 인간들은 자신들이 살고 있는 거리를 '맨해튼'이라고 불렀다. 그곳에 있는 엄청 큰 공원이 내가 태어난 곳이자 거처였다.

내가 태어나고 계절이 아직 한 바퀴를 돌기 전이었다. 엄마는 얼마 전에 어딘가로 가버린 뒤 돌아오지 않았다. 여동생도 남동생도 어느새 사라졌다. 다들 어디로 갔는지 나는 모른다. 공원은 엄청, 엄청 넓어서 내가 평소에는 가지 않는 어딘가에 다들 같이 있었는지도 모른다. 어쩌면 다들 죽었는지도 모른다.

공원에는 인간들이 자주 와서 산책하거나, 수다를 떨거나, 벤치나 잔디 위에 앉아서 뭔가를 먹고 있었다. 뭔가를 먹고 있는 인간은 우리에게 그 뭔가를 나눠줄 때도 많았다.

나는 그 당시 그런 인간을 한 명 확보하고 있었다.

그 인간은 수컷으로, 키가 크고 고양이의 눈으로 봐도 엄청 아름다운 얼굴이었다. 옷차림도 괜찮고, 그 시절 자주 신세를 졌던 태비 무늬 고양이 언니가 말하길 '쪼잔하지 않은 타입'이었다. 인간이라도 겉모습이 지저분한 녀석은 자신들이 먹을 것도 없어서 곤란한 경우가 많기 마련이다.

그는 늘 오후가 지난 시간에 찾아와서 벤치에 앉아 샌드위치를 먹었다. 나는 양발을 가지런히 모으고 그를 올려다보며 '먀앙' 하고 울었다. 나를 보면 그는 샌드위치의 내용물을 줬다. 처음에는 햄뿐이었지만, 얼마 후에는 생선 튀김인 경우가 많아졌다. 아마도 내가 그걸 좋아하기 때문이었을 것이다.

그는 음식만 준 게 아니라 쓰다듬어주기도 했다.

큼직한 손이었다. 귀 뒤를 긁어주는 솜씨가 뛰어나서 나는 자주 그의 무릎 위에서 녹은 듯이 있었다.

"아주 예쁜 털이네요. 새하얗고 보들보들해서 감촉이 참 좋아요."

고마워.

넌 쓰다듬는 솜씨가 좋으니까 특별히 엉덩이도 만지게 해줄게.

"아, 눈동자가 정말 아름답네요. 마치 사파이어 같아."

사파이어가 뭔지 모르겠지만 분명 멋있는 거겠지.

인간은 어째서인지 고양이에게는 인간의 말이 통하지 않는다고 생각하는 것 같지만, 그렇지 않다. 인간이 고양이의 말을 못 알아듣으니 고양이도 인간 말을 못 알아듣는다고 생각하고 있겠지만, 고양이는 인간이 무슨 말을 하는지 대충 안다.

오히려 어째서 인간에게 고양이의 말이 통하지 않는지 알 수 없다. 인간은 바보라서 그럴지도 모른다. 통하지 않는다고 생각하면서 말을 거는 것도 그렇다.

나는 그가 말을 걸어줄 때마다 제대로 대답했지만 역시 통한다는 느낌은 없었다. 그게 나로서는 매우 안타까웠다.

인간들끼리 혹은 고양이들끼리 말하는 것처럼 좀 더 수다를 떨수 있다면 좋을 텐데.

인간 수컷은 굵고 무서운 목소리를 가진 녀석이 많은데 그의 목소리는 달콤하고 부드러워서 정말 좋았다.

저기, 나를 길러줘.

태비 무늬 고양이 언니가 말했었다. 인간에게 길러져 행복해지는 고양이도 있다고.

좋은 주인이 될지 어떨지 제대로 판별해야 한다는 이야기였지만 이 인간이라면 분명 괜찮을 것이다.

부디 내 주인이 되어주지 않겠나.

"당신을 키울 수 있으면 좋겠지만. 공교롭게도 지금은 다른 사람의 집에서 신세를 지고 있는 몸입니다. 아무리 그래도 그런 부탁은 못 합니다."

그래? 아쉽네.

……잠깐만, 지금 내 말이 통한 거야?

내가 하는 말 혹시 알아듣는 거야?

"내일은 비가 올 모양입니다. 전 여기에 오지 못할 거예요. 비에 젖지 않도록 조심하세요."

아니었다. 역시 안 통하는 거네.

언니, 어떻게 하면 인간이 내 말을 알아들을 수 있어?

그가 돌아간 뒤 나는 태비 무늬 고양이 언니에게 물었다.

엄마에게도 지지 않을 척척박사 태비 무늬 고양이 언니는 내 질문을 듣고 코웃음을 쳤다.

바보 같은 소리 하지 마. 고양이의 말이 인간에게 통할 리 없어. 인간은 인간의 말밖에 못 알아들어.

그럼 있잖아. 나 어떻게 하면 인간이 될 수 있어?

점점 더 바보 같은 말을 하는구나. 안 돼. 고양이는 고양이니까. 고양이가 인간이 되려면 요괴라도 돼야 해.

요괴? 요괴가 뭐야? 요괴가 되면 인간이 될 수 있어? 그럼 나 요괴가 될래. 그 사람이랑 말이 통할 수만 있다면 뭐가 돼도 좋아. 저기, 어떻게 하면 돼? 어떻게 하면 요괴가 될 수 있어?

태비 무늬 고양이 언니는 긴 꼬리 끝으로 내 코를 찰싹 때렸다.

아, 그만해. 요괴가 되는 게 쉬운 줄 알아? 그건 말이야. 엄청 오랫동안, 말도 안 될 정도로 오랫동안 살아남은 고양이만 될 수 있어. 그게 아니면 한번 죽지 않는 한 무리야.

태비 무늬 고양이 언니의 말에 나는 엄청 실망했다.

엄청 오랫동안이라니. 어느 정도 오래일까. 계절이 몇 번 돌아야 할까. 아니면 죽는 게 나을까? 하지만 언니 말로는 죽는다고 해서 꼭 될 수 있는 것도 아닌 듯하다. 만약 요괴가 못 된다면 손해잖아.

그 다음 날은 비가 왔다. 그 사람은 오지 않았다.

나는 벤치 아래로 피했지만, 그곳에 있어도 역시 젖었다.

나는 축축해진 털을 필사적으로 핥아 정리하며 좋아하는 것을 생각했다.

엄마가 핥아준 일, 동생들이랑 싸운 일, 맛있는 밥, 쾌적한 잠자리, 생선 튀김, 그 인간의 목소리, 그 인간의 손.

젖은 땅바닥은 차갑고 축축해서 불쾌했지만, 어떻게든 참으며 웅크린 채 졸다가 좋아하는 것들에 대한 꿈을 꿨다. 상냥한 목소리, 음식을 건네주는 손, 나의 등을 쓰다듬어주는 손.

부탁이야.

더 쓰다듬어줘.

그 사람은 대체로 혼자서 왔지만, 가끔씩 다른 사람과 함께 온 적도 있었다.

그럴 때에도 그는 내 선물을 꼭 가지고 왔기 때문에 나는 그들이 앉아 있는 벤치 아래에서 받은 음식을 먹으며 어떤 이야기를 나누는지 흥미롭게 듣고는 했다.

"지난번에 보여준 희곡 말인데, 이번에 우리 극장에서 써도 괜찮을까? 그거 정말 좋았어!"

다른 인간 하나가 큰 목소리로 그렇게 말했다.

그는 어찌되어도 상관없다는 목소리로 말했다.

"그냥 취미로 쓴 거예요. 그렇게 대단한 것도 아닙니다."

"그런가. 나는 좋았는데! 저기, 존슨 집에 아직 잠깐 머무는 거지? 다음 파티에서 또 시 낭독해주지 않겠나? 부인들께서 자네 미성에 취해서 난리가 났었잖아! 분명 유혹도 많았겠지?"

"그것도 취미예요. 그보다 부탁한 악보 말입니다만."

"아, 자네가 찾고 있는 가수 말인가? 음, 지금 아는 사람을 통해서 조사하고 있는데……."

대화를 듣고 있는 동안 대충 그가 어떤 사람인지 알 수 있었다.

아마도 그는 얼마 전에 유럽이라는 곳에서 바다를 건너 넘어왔다는 것. 부자인 인간의 저택에 초대되어 그곳에서 살고 있다는 것.

그리고 그가 이 나라에 온 이유는 누군가를 찾기 위해서라는 것.

그 인간은 아무래도 암컷이고 가수인 모양이다. 그는 원래 있었던 나라에서 그 가수가 부른 노래의 악보를 손에 넣은 것 같다. 그리고 어떻게든 그 가수를 만나고 싶어서 일부러 이 나라까지 온 것 같았다.

유럽이 어디에 있는지 모르지만, 누군가를 찾으러 엄청 먼 곳까지 오다니 믿을 수가 없다. 나는 이 공원 밖으로 나가본 적도 없는데.

그 누군가를 찾으면 그는 어떻게 할까.

원래 있던 나라로 돌아가버리는 걸까. 그렇다면 이제 이 공원에는 두 번 다시 오지 않는 거야?

그런 거 싫어.

나는 그의 발밑에서 그런 인간 따위 못 찾으면 좋겠다고 생각했다.

절대 못 찾으면 된다. 그러면 그는 계속 이 공원에 드나들게 될 것이다.

내가 그런 생각을 하는지도 모르고 그는 나를 안아 들어서 등을 쓰다듬어주었다.

"지난번 비가 온 날은 오지 못해서 미안했습니다. 비에 젖지는 않았나요? 아, 그래도 털은 여전히 아름답네요."

당연하다. 털이 부스스한 채로 쓰다듬을 받는 건 부끄러우니까 제대로 훑어서 깨끗하게 정리했다. 엄청 시간이 걸려서 정리한 거니까 마음껏 부드러운 털을 맛보라고.

하지만 나는 이때 일을 나중에 엄청 후회했다.
그가 찾고 있는 인간 따위는 못 찾으면 좋겠다고 바랐던 것을.

며칠 동안 모습을 보이지 않던 그가 드디어 공원에 나타났다.
뭔가 상태가 안 좋아 보여서 나는 분명 그가 병에 걸렸다고 생각했다. 어딘가가 안 좋아져서, 그래서 공원에 오지 못했던 거라고.
그는 힘이 전혀 들어가지 않은 발걸음으로 걸어와서 벤치에 앉았다. 양 팔꿈치를 무릎 위에 딛고 손으로 볼을 떠받쳐서 웅크리고 앉아, 내가 발밑에 왔는데도 좀처럼 알아채지 못했다.
저기, 왜 그래. 무슨 일 있었어?
왜 그렇게 슬퍼 보여. 누가 괴롭혔어?
몇 번이나 말을 걸고 나서야 겨우 그가 고개를 들었을 때, 나는 그가 울고 있다는 걸 깨달았다. 낯빛도 어두웠다. 나는 점점 더 걱정이 돼서 냐옹, 냐옹, 울었다.
"아, 미안해요. 오늘은 아무것도 가지고 오지 못했어요."
그게 아니야. 누가 먹을 거 달래.
무슨 일이 있었냐고 묻는 거야. 음식 얘기를 하는 게 아니야.
"미안해요. 배고프죠. ……뭐 사올까요?"
그게 아니라니까!
나는 일어서려고 하는 그의 무릎 위로 올라탔다. 그리고 그의 코

끝에 앞발을 내밀었다.

왜 우는 거야. 무슨 일이야.

그런 표정 짓지 마.

그는 나를 살며시 껴안고 작게 웃었다.

"……후후, 위로해주는 건가요?"

그래. 이제야 알아듣네.

자, 얘기해봐. 들어줄게. 그러니까 이제 울지 마.

하지만 그는 오랫동안 아무 말도 하지 않았다. 나를 무릎 위에
올린 채, 줄곧 아무 말도 하지 않고 등을 쓰다듬었다.

그가 입을 열었을 때는 이미 해가 꽤 기울었을 즈음이었다.

그는 혼잣말이라고 생각했을 것이다.

"계속 찾고 있는 사람이 있어요."

전에 얘기했던 가수?

"악보를 발견했어요. ……분명 모르는 노래인데, 아주 그리운 멜
로디처럼 느껴졌어요. 시험 삼아 피아노로 쳐봤는데…… 갑자기
떠오른 겁니다. 아주, 아주, 아주 옛날에 이 멜로디를 들었던 적이
있다는 사실을. 그 노래를 부른 여성을 알고 있다는 사실을. ……
조사해보니 그 가수는 미국인이었습니다. 이 나라에 오면 만날 수
있을 거라고 생각했어요. 만나면 이번에야말로 약속을 지킬 수 있
겠다고 생각했습니다."

약속?

약속이라니? 대체 무슨 약속을 한 거야?

"이 나라에 와서 극장관계자나 음악관계자를 통해 조사했는

데…… 저는 늦어버렸어요. 또다시."

늦어버렸다니, 무슨 말이야?

또다시라니 무슨 의미야?

"그녀는 10년 전에 죽었어요. ……나는 또다시 그녀와 만나지 못했어요."

내 털 위로 그의 눈물이 툭 하고 떨어졌다.

그는 한 손으로 얼굴을 감싸고 몸을 떨면서 필사적으로 눈물을 참고 있었다. 나는 일어나서 그의 볼을 핥았다. 짜고 쓴 맛이 났다.

못 만난 거야? 그 인간이랑?

못 만나서 우는 거야?

내가 못 찾았으면 좋겠다고 빌었던 게 문제야?

미안해. 미안해. 미안해.

너무 심한 소원을 빌어서 미안해.

부탁이야, 울지 마.

울지 마.

그에게 무슨 말을 해도 내 말은 통하지 않았다.

그와 함께 울어주고 싶었지만 고양이는 눈물을 흘리지 않는다.

기껏해야 머리를 비비며 위로해주는 정도밖에 하지 못했다.

고양이는 정말 아무것도 할 수 없다.

고양이인 것이 너무 싫다.

나는 역시 인간이 되고 싶다.

요괴라도 좋다. 고양이만 아니라면 뭐든 좋다.

그 이후로도 그는 공원을 찾아와서 나에게 먹을 것을 줬다.

하지만 그는 전에 알던 그와 조금 달라졌다. 쓰다듬어주고, 여전히 상냥했지만 뭔가 텅 빈 껍질처럼 기운이 없었다. 나는 그가 죽는 건 아닐까 걱정이 됐다. 열심히 그의 몸에 털을 부비며 내 기운이 옮겨 가도록 빌었다. 하지만 옮겨 간 건 털뿐이었다.

그리고 어느 날.

그 인간이 찾아왔다.

그 인간은 벤치에 앉아 있는 그의 옆에 소리도 없이 앉았다. 새까만 옷을 입고 새까만 모자를 쓰고 있었다. 그 탓에 창백한 얼굴이 괜히 더 눈에 띄었다.

"안녕하세요. 전에 존슨 댁의 파티에서 뵀었죠."

그 인간이 말을 걸자 그는 수상쩍은 얼굴로 그 인간을 바라봤다. 기억하지 못했는지도 모른다.

그 인간은 그런 그의 모습에 전혀 아랑곳하지 않고 그의 손을 잡았다.

"실은 제 주인이 당신에게 흥미를 가지고 있습니다. 주인께서도 그날 밤의 파티에 계셨거든요. 당신과 이야기를 나누지는 않아서 기억하지 못할지도 모르겠습니다만."

"아…… 죄송한데 대체 어떤 분을 말씀하시는 건지…….

그는 그날 이후 목소리에 완전히 힘이 빠져 있었다. 그 인간은 빈껍데기 같은 그의 모습을 흥미롭게 바라보고 있었다.

"실은 제 주인은 당신을 일족으로 초대하고 싶다고 생각하고 있습니다."

"일족이오?"

"네. 당신이 만약 일족에 합류한다면 제 주인께서는 당신에게 영원한 시간을 주겠죠."

"영원한…… 시간?"

"맞아요. 당신은 늙지도 죽지도 않게 될 겁니다. 뭐, 경우에 따라서는 죽는 경우도 있습니다만, 당신은 지금 모습 그대로 영원의 시간을 살게 될 거예요."

아무런 힘도 느껴지지 않던 그의 눈이 그 인간의 말에 반응해서 커졌다.

하지만 그는 바로 눈을 내리깔고 말했다.

"……됐습니다. 저는 사기꾼에게는 흥미가 없습니다."

"사기가 아니에요. 진짜입니다. 제 주인과 직접 이야기를 나눠보시면 어떤가요? 잡아먹거나 하진 않을 테니. ……아마도요."

그의 눈동자에 망설임의 빛이 스쳐 지나갔다.

하지만 나는, 이 검은 옷을 입은 인간이 싫었다. 말로는 잘 표현할 수 없지만, 뭔가 굉장히 기분 나쁜 느낌이 들었다.

하악. 나는 검은 옷을 입은 인간을 향해 위협적인 목소리를 냈다. 검은 옷을 입은 인간은 크게 질색하는 얼굴로 나를 내려다보며 조용히 하라고 손을 흔들었다.

나는 그를 향해 말했다.

안 돼. 이런 인간을 따라가면 안 돼. 분명 돌아오지 못할 거야.

내 말 들어. 절대 안 된다니까. 들으라고!

안 돼. 저기, 내 말 들어, 부탁이야!

나의 말은 역시 그에게 통하지 않았다.

그는 검은 옷을 입은 인간과 함께 떠나버렸다.

그 후로 그는 다시 공원에 오지 않게 됐다. 달이 한 번 기울고 다시 찰 동안 나타나지 않았다.

나는 줄곧 그를 기다렸다. 태비 무늬 고양이 언니는 이제 그만 포기하라고 타일렀다. 분명 어딘가로 가버렸을 거야, 널 잊은 거야. 인간들은 원래 그래.

하지만 나는 포기할 수 없었다.

내가 말렸어야 했다. 그런 녀석을 따라가지 말라고 확실하게 얘기했어야 했다.

다시 그가 이곳에 나타난다면 나는 두 번 다시 그에게서 떨어지지 않을 것이다. 내 구역 밖으로 나가겠다고 생각한 적 없지만, 이제 그를 어디든 따라갈 것이다. 그렇게 결심했다.

내가 살았던 공원은 밤이 되면 무서운 인간이 어슬렁거리곤 했다. 인간의 비명 소리가 들리고, 누군가 살해당하거나 다칠 때도 있었다. 고양이도 마찬가지라서 인간에게 해코지를 당하지 않도록 조심해야 했다.

그날 밤, 나는 어떻게 됐던 것일지도 모른다.

한밤중이었다. 한 번도 본 적 없는 크고 새빨간 달이 하늘 높이 걸려 있었다. 먹을 것을 찾아 구역 안을 한 바퀴 돌았을 때였다. 그때 그가 늘 앉아 있던 벤치에 어떤 인간이 앉아 있는 모습이 보였다.

그 순간 나는 그 인간이 그라고 생각했다. 아, 돌아왔구나. 무사했구나. 그런 생각이 들자 기뻐서 얼른 달려갔다.

하지만 그곳에 앉아 있던 인간은 그가 아니었다.

좀 더 추레하고, 눈매가 험상궂고, 고약한 냄새가 나는 인간이었다. 손에 술병을 들고 있었다. 양아치라고 하는 녀석이었다.

"……응? 고양이잖아. 어, 이리 오렴, 이리 와. 먹이 줄게."

양아치는 나를 발견하고는 손가락으로 이리 오라고 불렀다. 하지만 나는 코가 휠 것 같은 그 냄새에 소름이 끼쳐서 그 이상 가까이 가지 않았다.

"뭐야, 먹이 준다니까. ……젠장, 고양이까지 나를 무시하네!"

갑자기 양아치가 들고 있던 술병을 던졌다. 피하려고 했지만, 그 술병은 내 옆구리에 맞았다. 비명을 지르며 몸을 말고 있는 나를 향해 양아치는 성큼성큼 걸어왔다. 싫어. 오지 마. 아파. 못 움직여. 무서워.

나는 필사적으로 양아치를 위협했다. 하지만 오히려 양아치를 화나게 할 뿐이었다.

"젠장, 젠장, 이 자식도 저 자식도 나를 무시하고……!"

큼직한 발이 나를 노리며 치켜 올라갔다.

쿵. 몸을 때리고 짓밟는 충격이 등을 덮쳤다. 내 척추가 부러지는 소리가 확실하게 들렸다. 몸 안에서 무언가가 맥없이 찌부러지는 게 느껴졌다. 비명 대신 입에서 튀어나온 것은 피였다. 눈앞에서 흩뿌려지는 피를 본 순간 내 죽음을 예감했다. 아프다. 괴롭다. 엄청, 엄청 아프다. 죽는다는 건 이렇게 아프고 괴로운 건가. 아프다. 아파. 누가 좀 살려줘.

"뭐야, 아직 살아 있는 거야? 얼른 뒈져버려, 이 썩을 놈이!"

머리 위로 다시 뭔가가 움직이는 기척이 느껴졌다. 양아치가 한 번 더 발을 들어 올린 것이다. 나는 무심결에 눈을 꼭 감았다. 더 이상 아픈 건 싫어!

하지만 아무리 기다려도 내 몸 위로 다리가 내려오는 일은 없었다.

나는 조심스레 눈을 떴다.

그리고 봤다.

양아치는 공중에 떠 있었다. 누군가가 목덜미를 꽉 붙잡고 들어 올리는 듯했다. 양아치는 당황한 모습으로 양다리를 버둥거리고 있었다. 그러면서 울부짖었다. "이 짐승 같은 놈아! 이거 놓으라고!" 양아치의 몸에 가려져 누가 들어 올리는지 보이지 않았다.

하지만 그때, 목소리가 들렸다.

"짐승은 당신입니다. 이런 작은 고양이한테 화풀이를 하다니. 꼴 사납군요."

그의 목소리였다.

돌아왔다. 돌아온 것이다!

……하지만 어째서일까. 내가 모르는 기척이다. 그의 기척이 아

니다. 그의 냄새가 아니다. 무슨 일이지?

붕 하고 양아치의 몸이 옆으로 누워 공중을 날았다. 집어 던져진 양아치는 놀라울 만큼 먼 땅바닥에 얼굴부터 착지했다. 죽은 줄 알았는데, 일어나자마자 도망가는 걸 보면 괜찮은 모양이다.

하지만 나는 전혀 괜찮지 않았다.

나는 땅바닥에 몸이 딱 붙은 모습으로 쓰러져 있었다. 일어나려고 하자, 믿기지 않을 만큼 엄청난 고통이 전신을 관통했다. 호흡조차 괴로웠다. 다 죽어가는 숨은 이런 걸 말하는 거겠지. 머릿속 한 구석에서 남의 일인 양 생각했다.

그런 내 옆에 그가 무릎을 꿇고 몸을 웅크렸다.

"아…… 이런 끔찍한 일이."

그는 내 모습을 보고 이렇게 중얼거리며 인상을 찌푸렸다. 옆에서 보고 바로 알 수 있을 정도로 나의 몸은 심각한 상태였으리라.

하지만 그때 나는 내 몸보다도 그가 신경 쓰였다. 눈을 감고 완전히 몸의 힘을 빼버리는 게 편하다는 걸 알면서도 그를 올려다보지 않을 수 없었다.

왜냐하면, 지금 여기에 있는 사람은 내가 알고 있던 사람이면서, 내가 아는 사람이 아니니까.

얼굴과 목소리는 똑같다. 하지만 눈이 빨갛게 빛나고 있다. 입술 끝에 보이는 것은 마치 고양이의 송곳니 같다. 전에는 없었는데. 피부는 원래 저렇게 창백했었나?

마치 몸의 껍데기만 남고 안은 완전히 다른 무언가로 바뀌어버린 것 같다.

왜? 대체 무슨 일이 있던 거지?

이런 기척은 인간의 것이 아니다. 이런 기척은 처음 느낀다. 하지만, 안다.

이건…… 아주 강하고 아주, 아주…… 무서운 것이다.

"아뇨, 아직 늦지 않았을지도 모릅니다. 지금 당장 처치하면 돼요. 조금만 참으세요. 처치할 수 있는 장소로 옮길 테니까."

그가 이렇게 말하고 나에게 손을 뻗었다.

……싫어! 무서워. 만지지 마!

나는 무심결에 그의 손을 뿌리쳤다.

그가 놀란 듯이 손을 거뒀다. 손등에 할퀸 상처가 생겼다. 그 상처에 핏방울이 올라오는 것을 보고 내가 일을 저질렀다는 사실을 깨달았다.

나를 내려다보며 그가 말했다.

"……제가 무섭습니까?"

무서워.

무섭다니까.

무슨 일이 있었던 거야. 이 공원에서 사라진 후에 대체 무슨 일이 있었기에 그런 식으로 변해버린 거야?

그는, 아주 슬픈 눈으로 나를 봤다.

그 눈을 보고 나는 뜨끔했다.

그만. 그런 상처받은 표정 짓지 마.

무슨 일이 있었는지 말해줘. 그럼 이해할 수 있을지도 모르니까.

그때 바로 근처에서 고양이의 울음소리가 들렸다. 태비 무늬 고양이 언니였다. 내 앞에 서서 전신의 털을 세운 채 위협하는 소리를 냈다.

이 아이 건드리지 마. 이 요괴야.

그걸 신호로 여기저기에서 울음소리가 들리기 시작했다. 어느새 어둠 속에서 무수한 빛이 떠올라 있었다. 두 쌍씩 빛나는 그것은 고양이의 눈이었고, 희미한 빛을 반사하고 있었다. 마치 공원 안의 고양이가 다 모인 듯한 숫자였다. 아니, 아마도 정말로 다 모였겠지. 다들 그의 이런 기척을 느끼고 상황을 살피러 모여든 것이다.

고양이들은 모두 털을 세우고, 등을 둥글게 말고, 귀를 뒤로 젖히고 있었다. 모두 그를 무서워하고 있었다. 태비 무늬 고양이 언니도 마찬가지였다. 하지만 나를 지키려고 필사적으로 그를 위협하고 있었다. 요괴. 누군가가 그렇게 중얼거렸다. 요괴다. 다른 고양이도 말했다. 이 요괴 놈. 언니가 말했다. 요괴. 요괴. 요괴. 다 같이 말했다.

그만해. 다들.

나는 숨이 막 끊어질 듯한 목소리로 모두에게 말했다.

그는 조금 변해버렸을 뿐이야. 상냥한 인간이었어. 지금도 아마…… 상냥할 거야. 그러니까 뭐라고 하지 마.

하지만 내 목소리는 모두의 목소리에 섞여 사라졌다. 위협의 목소리. 경계의 울음소리. 요괴라고 규탄하는 목소리. 그만해. 그는 나를 도와줬단 말이야.

그는 자리에서 일어나 주변의 고양이들을 망연한 눈빛으로 돌아봤다.

나에게 긁힌 손을 자신의 가슴팍에 가져다 대고 몸을 웅크린다. 깊은 한숨과 후회의 빛이 그의 표정에서 배어 나온 듯한 기분이 들었다.

"미안합니다. ……나는 이제 당신을 만지면 안 되는 몸이 되었군요."

그가 말했다.

아니야. 그렇지 않아.

조금 무서웠을 뿐이야. 이제 괜찮아. 무서워하지 않을게. 할퀴어서 미안해. 다신 하지 않을게. 다신 하지 않을 테니까.

"이제 이곳에는 오지 않겠습니다. ……무섭게 해서 미안했어요."

그가 천천히 발걸음을 돌렸다. 멀찍이 그를 둘러싼 고양이들이 일제히 깜짝 놀랐다. 그의 눈동자가 더욱 슬픈 빛을 띠었다.

나는 그대로 사라지려고 하는 그를 향해 말을 걸었다.

기다려. 기다리라니까. 부탁이야. 돌아와.

하지만 그는 점점 멀어져갔다. 그대로 보내버리면 아마도 정말 두 번 다시 만날 수 없겠지.

나는 필사적으로 그를 쫓으려고 했다. 힘이 들어가지 않는 다리로 억지로 일어서려고 했지만 일어설 수 없었다. 부러진 척추가 삐걱거리며 찌부러진 내장을 압박했다. 엄청난 고통이 밀려왔다. 조금 일으킨 몸은 맥없이 땅 위로 쓰러졌다. 입안에서 다시 피가 흘러나온다. 그걸 시작으로 모든 것의 한계가 찾아왔다. 급격히 눈이 흐릿해진다. 이제 얼굴도 들 수 없다. 의식이 멀어져간다. 그렇게 나는 제대로 보이지도 않는 눈으로 그를 찾았다. 없다. 어디에도 보이지 않는다. 어떡하지. 어떡하지.

싫어. 가지 말아줘.

부탁이니까 날 두고 가지 마.

당신이 요괴가 됐다면, 나도 요괴가 될게.

그럼 나는 이제 절대로 당신을 무서워하지 않을 테니까.

계속, 계속 같이 있어줄게.

그러니까.

그러니까…….

내 시야가 완전히 어둠 속으로 가라앉고 어떤 빛도 보이지 않게
됐다.

폐가 최후의 숨을 내뱉고 심장이 맥박을 멈췄다.

모든 것의 끝이 찾아왔다.

그리고.

그것이 시작됐다.

처음에 느낀 것은 쿵쾅거리는 고동이었다.

멈췄던 심장이 움직이기 시작했다. 쿵쾅. 과거의 내 심장과는 비
교되지 않을 만큼 강한 고동. 쿵쾅. 새로운 생명의 기운. 쿵쾅. 고동
이 가슴속 깊은 곳을 때릴 때마다 그곳에서는 뜨거운 열기가 태어
난다. 쿵쾅. 한 번 울릴 때마다 그 열기는 커진다. 쿵쾅. 마치 작은
태양이 내 심장의 위치에 묻혀 있는 것 같다. 쿵쾅. 태어난 열기는
나의 몸 구석구석까지 전해진다.

혈류를 타고 이동하는 불꽃같은 열기가 찌부러진 내장 속을 지나갔다. 상처 입은 조직이 순식간에 회복되고 재생됐다. 부러진 척추가 달그락달그락 소리를 내며 원상복귀됐다. 결국 열기가 전신을 가로지른다. 이미 태양은 내 자신. 타오를 듯한 열기에 나는 무심코 입을 열었다. 호흡이 재개되자 몸을 순환하는 열기는 더욱 그 온도를 높였다. 열기가 돈 몸이 단숨에 팽창하는 게 느껴졌다. 뜨겁다. 괴롭다. 그대로 팔다리가 이리저리 흩어질 것 같아서 내가 내 몸을 감싸 안았다.

그리고 깨달았다. 감싸 안은 몸에서 어느새 털이 사라졌다는 사실을.

나는 눈을 번쩍 떴다.

눈앞에 앞다리를 올려봤다. 털이 없을 뿐만 아니라 형태가 변해 있었다. 봉처럼 길고 가느다란 다섯 개의 손가락. 마치 인간의 손 같았다.

으, 하고 나는 몸을 일으켰다. 전신을 감싼 열기는 아직 없어지지 않았지만, 신경 쓰지 않고 몸을 여기저기 만져보았다. 털이 완전히 없어져 있었다. 대신 위쪽에서 뭔가가 쭉쭉 내려와서 시야를 반 이상 덮었다. 놀라서 쓸어 넘겨보니 컬이 들어간 긴 금색의 털이었다. 이건 알고 있다. 머리카락이라는 거다. 인간의 머리에 나는 털. 얼굴을 만져봤다. 매끈매끈한 볼. 어디에도 수염은 없었다. 귀는 머리 위가 아니라 얼굴 옆으로 이동했다. 아, 꼬리가 없다. 내 얼굴. 나의 가슴. 내 다리. 전부 마치 인간 같다.

태비 무늬 언니가 옆으로 왔다. 멍청한 애야. 정말로 요괴가 되어버리다니.

나 요괴가 됐어?

그래. 아주 어엿한 요괴야. 마치 인간 같은 모습이잖아. 이제 두 번 다시 고양이로는 돌아가지 못해. 언니가 말했다.

딱히 상관없다. 평범한 고양이 따위로 돌아가고 싶지 않다.

그보다 그는 어디에 있어?

언니가 건너편 쪽으로 얼굴을 들어올렸다. 그 녀석은 이미 가버 렸어.

거짓말이지?

나는 황급히 몸을 일으켰다. 두 다리로 설 수 있다는 사실에 놀 랐다. 그러고 나서 어떻게든 달렸다. 기다려. 아직 끝나지 않았어. 뒤에서 언니가 불렀지만, 도저히 기다릴 수 없었다. 나는 전신을 휘 감는 열기를 뿌리칠 기세로 그를 찾아 달렸다. 다른 고양이들이 배 웅해줬다. 그 요괴 저쪽으로 갔어, 라고 가르쳐주는 고양이도 있 었다. 아직 고양이 말을 알아들을 수 있다는 사실을 새삼 깨달았다. 인간이 아닌 요괴가 됐기 때문일 것이다.

멀리서 그의 모습이 보였다. 지금이라도 당장 공원을 빠져나가 려고 하고 있다.

기다려. 가지 마. 기다려, 기다려, 기다려.

나는 그를 불렀다.

하지만 인간의 말은 나오지 않았다. 거짓말이지? 나는 다시 생각 했다. 몸속을 데우고 있던 열기는 어느새 사라졌다. 이제 변화는 끝 났다. 아직 끝나지 않았다는 언니의 말을 떠올렸다. 어떡하지. 어중

간하게 변해버렸을지도. 아, 말도 안 돼. 어떻게 이런 일이!

그 사이에도 그는 계속 사라져가고 있다. 이제 금방 공원 출구다.

그의 등 뒤를 향해 최대한 큰 목소리로 외쳤다.

"먀—! 먀—! 먀아아아아—!"

그가 놀란 표정으로 돌아봤다. 나는 그 틈을 타서 달려가 온몸으로 그에게 매달려 붙잡았다. 이제 놓치지 않을 것이다.

"당신은…… 설마 그 고양이입니까?"

"먀! 먀먀먀먀먀!"

그의 가슴에 얼굴을 부비면서 나는 말했다. 그래. 용케 알았네. 대단해. 어때, 내 변신? 자, 칭찬해줘. 고양이가 아니라 인간처럼 보이지? 대단하다고 말해봐.

모처럼 요괴가 됐는데 고양이 말밖에 하지 못하는 게 정말로 아쉬웠다. 요괴가 되면 그와 대화할 수 있으리라고 생각했는데.

하지만 이걸로 이제 같이 갈 수 있지. 데려가줘.

나도 요괴니까 괜찮아.

이제 안 무서워. 안 무서우니까.

"정말이지……. 무슨 짓을 한 건가요?"

"먀."

뭐야. 칭찬 안 해줘?

"……아뇨. 잘 버텼네요. 괴롭죠. 몸이 바뀐다는 건."

그는 그렇게 말하고 내 머리를 쓰다듬어줬다.

그래, 죽는 건 아프고 변하는 건 괴로웠지만 열심히 버텼어.

너를 위해서 버텼어.

"……고맙습니다. 그렇게 말해야겠죠."

그가 말했다. 엣헴. 나는 턱을 들었다.

그리고 깨달았다. 어, 잠깐만. 말이 통하는 거야?

"네, 당신이 얘기하는 거 알아들어요."

그가 나를 내려다보며 아주 조금 장난스럽게 웃었다.

거짓말! 정말로?

기쁘다. 기뻐. 드디어 통했어! 드디어 통했다고!

"……대충이지만."

……뭐, 그래도 좋아.

그리고 그는 다시 나를 내려다보더니 뭔가 알아챈 모양이었다. 황급히 자신의 윗옷을 벗어 내 어깨 위로 입혔다.

"음…… 아동복 가게는 어디에 있나요? 아, 그런데 이미 문 닫았을까? 큰일이네요."

그 말을 듣고 나도 눈치챘다.

그러고 보니 인간은 옷이란 것을 입는구나.

― 그 후, 나는 줄곧 그와 함께 있다.

그는 내 주인이 되어줬다. 고양이와 주인 관계보다 좀 더 깊은 의미의 주인이다. 나는 요괴 고양이로서 뱀파이어인 그를 위해 일하기로 했다. 그런 걸 사역마(전승·환상 문학 등에서 마법사나 마녀에게 절대적으로 복종하는 마귀·정령·동물)라고 한다는 모양이다. 자세히는 모르겠지만.

뱀파이어라는 요괴는 해가 떠 있는 동안에는 밖에 나오지 못한다. 절대로 햇볕에 닿으면 안 된다. 그러니까 대신 낮 동안 움직일 수 있는 존재를 곁에 둘 필요가 있다.

변신을 너무 서둘러서 그랬는지, 아니면 애초에 살아온 세월이 짧아서 그랬는지 나는 인간 아이 모습으로 변했다. 더 노력했으면 어른 모습으로 변할 수 있었는데, 피곤했기 때문에 계속 노력하는 건 무리였다. 하지만 괜찮다. 주인 곁에 있을 수 있다면 어떤 모습이라도 좋다. 게다가 이 모습도 고양이였을 때와 비교하면 훨씬 더 다양한 일을 할 수 있다. 두 발로 걸을 수 있고 양손을 쓸 수 있다는 건 역시 대단하다. 요리도 할 수 있고, 쇼핑도, 청소도, 빨래도 할 수 있으니까

주인은 나에게 많은 것을 줬다. 인간의 옷과 신발. 지금까지 먹어본 적 없는 인간의 맛있는 음식. 푹신푹신하고 따뜻한 이불.

그리고— 이름.

고양이었을 때는 이름 같은 건 없었기 때문에 무척 기뻤다. 루나. 예쁜 이름이지? 주인의 달콤하고 상냥한 목소리로 이름을 불리면 등이 간질간질해서 바닥을 뒹굴뒹굴 구르고 싶어진다.

주인은 결국 일본으로 거주지를 옮겼다. 지금까지와는 전혀 다른 나라였다. 왜 주인이 거주지로 일본을 선택했는지 나는 모른다. 아는 사람의 연줄을 찾아왔다는 모양이지만.

일본에 와서 바로 주인이 몸을 의탁한 곳은 이 나라에서 꽤 높은 지위에 있는 인간의 저택이었다. 잘 모르겠지만, 경찰의 높은 사람이었던 모양이다. 덕분에 지금도 주인은 자주 경찰을 돕고 있다.

하지만 그 탓에 주인은 부상을 당하거나, 안 좋은 일을 당한 적이 많다. 그래서 나는 그런 일은 그만뒀으면 좋겠다고 주인에게 몇 번이나 부탁했지만 그때마다 주인은 이렇게 말했다.

"의리와 인정은 이 나라의 상징입니다."

무슨 소리인지 하나도 모르겠다. 전에 신세 진 인간에게 의리를 지키고 있는 모양이다. 하지만 그 인간은 이미 먼 옛날에 죽었고, 신세를 진 만큼 충분히 돌려줬다고 생각하지만, 그렇지만도 않은 모양이었다. 무엇보다 주인은 평범한 밥뿐만 아니라 때때로 피도 마셔야 한다. 경찰에 협력하는 대신 혈액을 받기 때문에 비긴 것이라고 주인은 말했다.

"일하지 않는 자, 먹지도 말라. 이런 말이 있다고 합니다. 이건 제 일입니다."

경찰에게 협력하는 게 주인의 일이라면, 나의 일은 주인을 잘 보필하는 것이다.

나는 주인의 신변을 돌본다. 방을 청소하거나, 간단한 식사나 과자를 만들거나, 장을 본다거나.

장 보는 일에 대해 말하자면, 주인은 홍차를 엄청 좋아하니까 홍차만은 무슨 일이 있어도 절대로 떨어지게 두지 않는다. 맛있는 홍차를 마실 때의 주인은 매우 행복해 보인다. 그러니까 주인을 위해서 훌륭한 홍차를 준비하는 건 나의 사명 같은 것이다.

지유가오카에 살게 된 후로 주인은 역 앞에 있는 티살롱의 홍차를 좋아하게 됐다. 커다랗고 노란 홍차 캔이 카운터 안에도, 밖에도 잔뜩 늘어서 있는 멋진 가게다. 가게 사람에게 부탁하면 캔 뚜껑을 열고 안에 든 찻잎의 향을 맡을 수 있다.

나는 인간의 말은 하지 못하지만, 글은 쓸 수 있다. 주인이 가르쳐줬다. 그래서 장을 볼 때는 늘 연습장을 가지고 간다.

가게 사람은 내 얼굴을 금세 기억하는 듯했다. 내가 가게 문을 열고 안으로 들어서면 빙그레 웃으며 맞아준다.

"아, 어서 와요. 늘 심부름하고 착하네."

가게 사람들은 나를 외국인 아이라고 생각했다. 주인에게 배워서 간단한 속임수 정도는 쓸 수 있었기 때문에 가게 사람들은 시간이 지나도 성장하지 않는 나를 수상하게 여기지 않는다. 그래서 몇 년이 지나도 나는 '일본어를 못 하는 외국인 꼬마 손님'이다. 요괴 고양이라고는 말할 수 없으니까, 그걸로 괜찮다.

나는 연습장을 펼쳐서 가게 사람에게 보여준다. 주인이 좋아하는 홍차의 이름이 늘 그곳에 적혀 있다.

"네. '잉글리시 얼그레이'랑 '텔리스먼 티', '시크릿 시티 티'죠. 이것 말고 뭔가 또 마음에 드는 게 있나요?"

이 가게의 홍차는 마치 어떤 이야기의 타이틀처럼 신기하고 로맨틱한 이름이 많다. 나는 지금까지의 주인의 반응을 떠올리며 주인의 취향일 법한 홍차를 찾아서 다른 찻잎의 향을 맡아본다.

음, 이건 좋은 냄새가 난다.

나는 연습장의 다른 페이지를 펼쳐 이렇게 썼다.

[이거 주세요.]

가게 사람은 다시 빙긋 웃으며 말했다.

"네. '실버 문 티' 맞죠? 이렇게 드리면 될까요?"

나는 고개를 끄덕이고 다른 페이지를 펼친다.

[계산 부탁드릴게요.]

가게 사람이 저울을 이용하여 찻잎의 양을 재는 동안 나는 할 일이 없어서 가게 안을 둘러봤다. 가게 안에는 카페 공간이 있어서 인간들이 식사를 하고 있었다. 친구이거나, 가족이거나, 연인들이었다. 언젠가 주인에게 부탁해서 같이 여기서 밥을 먹고 싶다고 생각했다. 옆에서 보면 나와 주인은 어떤 관계로 보일까. 형제? 아니면 부모 자식? 사실은 뱀파이어와 요괴 고양이라고는 인간들은 꿈에도 상상 못 하겠지. 많은 사람들은 이 나라에 인간 외의 존재들이 실은 엄청 많이 살고 있다는 사실을 잘 모르는 듯하니까.

계산을 마치고 비닐에 담긴 홍차가 들어 있는 종이가방을 받아 들고 나는 다시 연습장을 펼쳤다.

[감사합니다.]

그리고 꾸벅 고개를 숙였다. 고개를 숙이는 건 일본인들 사이의 예절이다.

그러자 가게 사람도 똑같이 고개를 꾸벅 숙였다.

"나야말로. 늘 고마워요. 또 와요."

그렇게 말하고 나가는 나를 향해 손을 흔들었다. 사실은 내가 훨씬 오랫동안 살았다고 가르쳐주면 어떤 표정을 지을까. 바이바이, 하고 손을 흔들면서 나는 자주 그런 생각을 한다.

역 앞의 길에서 맨션 쪽으로 걷고 있는데 뒤에서 누군가 말을 걸었다.

"루나 짱, 안녕. 미사키 선생님은 일어나셨어?"

나는 무심결에 얼굴을 찡그리고 돌아봤다.

그곳에는 말라 보이는 인간 수컷이 서 있다. 이름은 오하시. 기오사라는 출판사의 편집자라고 한다.

그렇다. 언제부터인가 주인의 일은 경찰을 도와주는 것이 전부가 아니었다.

작가, 라고 부르는 모양이다. 소설을 쓰는 일. 원래 주인은 문장을 쓰는 게 특기인 듯했다. 그러고 보니 아직 주인이 인간이었을 적에도 시를 쓴다거나 희곡을 쓴다는 얘기를 들었던 것 같다. 그리고 오하시는 주인이 쓴 소설을 책으로 만드는 일을 한다.

작가의 일은 경찰을 돕는 일보다 훨씬 나은데, 주인이 직접 다칠 일이 없기 때문이다. 하지만 나는 사실 이 일이 마음에 들지 않는다.

주인은 소설을 쓰기 시작하면 잠도 잊는다.

원래 주인은 무언가에 집중하기 시작하면 다른 건 잊어버리곤 했다. 하지만 설마 이렇게까지 될 줄은 몰랐다. 주인은 뱀파이어니까 밤에 일어나서 낮에 잠이 든다. 그런데 소설을 쓰고 싶어지면 아침이 돼도 잠들지 않는다. 바닥에 한가득 하얀 종이를 펼쳐놓고 뭔가를 중얼거리거나, 노트에 뭔가를 쓰고 있거나, 계속 어떤 생각에 빠져 있다. 혹은 원고지에 글자를 계속 쓰기만 한다. 주인의 거처는 어떤 방에도 태양 빛이 들어오지 않도록 되어 있기 때문에 아침이 밝아도 괜찮다고는 하지만, 잠들지 않으면 몸에 안 좋을 것이다. 무엇보다 주인의 이불 속으로 파고 들어가 잠드는 내 즐거움을 뺏긴다.

"미사키 선생님 말이야, 원고는 어떤 거 같아? 진전이 있어? 전에 나온 책도 꽤 평판이 좋아서 말야. 나로서는 얼른 다음 책을 내고 싶은데."

그렇게 쉽게 말하지 마! 그렇게 척척 쓸 수 있는 게 아니거든. 꽤 고민하고 있다고!

하악, 하고 나는 오하시를 향해 작게 위협의 목소리를 낸다. 오하시는 아랑곳하지도 않고 나를 따라 맨션까지 왔다. 솔직히 말하면 안으로 들여보내기 싫지만, 주인이 알면 화낼지도 모르기 때문에 나는 어쩔 수 없이 오하시와 함께 주인의 집으로 돌아왔다.

집에 도착하자 거실 바닥에 주인이 폭 쓰러져 있었다.

잠깐, 무슨 일이 있었던 거지? 대체?

나는 황급히 주인에게 달려갔다. 아무래도 잠들었을 뿐인 듯했다. 주인은 수면 부족이 이어져서 오히려 어디서든 잠들어버리는 경우가 많았다. 그런 점은 조금 고양이 같다는 생각이 들었다. 주인의 주변에는 쓰다 만 원고가 흩뿌려져 있고 만년필이 떨어져 있었다. 나는 바닥에 잉크가 떨어지지 않도록 얼른 그걸 주워 뚜껑을 닫았다.

"……우왁, 뭐야, 이거. 살인 현장이야?"

내 뒤를 따라 거실로 들어온 오하시가 그렇게 중얼거렸다. 확실히 주인이 여기저기 널브러진 종이에 둘러싸여 쓰러져 있는 모습은, 주인이 자주 보는 영화에 나올 법한 장면으로 보이긴 했다. 그렇다고는 해도 그런 불길한 소리는 하지 말았으면 좋겠다. 누구 때문에 이렇게 됐는데, 누구 때문에!

"아, 제3장의 첫머리 발견했다. ……오, 이런 전개로 간단 말이지. 어, 잠깐, 잠깐만. 이 다음은 어디 있지?"

저기, 멋대로 주인 원고 주워 읽지 마!

나는 오하시의 손에서 원고지를 빼앗았다. 오하시가 눈살을 찌푸리며 아쉽다는 표정으로 나를 내려다봤다. 나는 고개를 홱 돌리고 허둥지둥 다른 원고지를 주워 모았다.

그러는 동안 주인이 눈을 떴다.

"……아, 오셨어요, 오하시 씨."

주인이 앞머리를 아무렇게나 쓸어 올리며 일어났다. 오하시는 고개를 굽실거리며 네, 라고 했다가 안녕하세요, 같은 말을 했다. 참고로 주인의 원고를 받으러 올 적의 오하시는 아직 수염이 나지 않은 상태였다. 지금은 뺨이며 턱이며 코 아래에까지 털이 덥수룩하게 나 있지만.

주인은 오하시와 잠시 미팅이라는 걸 하고, 이후에 기분전환 겸 영화를 본 뒤 다시 원고를 쓰기 시작했다. 나는 청소를 하면서 시간을 보냈지만, 금세 할 일이 없어져서 소파 구석에 웅크리고 앉아서 꾸벅꾸벅 졸았다. 할 일이 없을 때 자는 건 고양이었을 때의 습성이 이어져왔다는 증거일지도 모른다.

문득 정신이 들자, 이제 슬슬 아침이 오고 있었고 주인이 잘 시간이 가까워지고 있었다. 하지만 주인은 여전히 원고지에 집중하고 있다. 어쩔 수 없이 나는 주인 옆에 다가가서 말을 걸었다.

저기, 주인. 슬슬 자야 돼. 이거 봐, 벌써 이 시간이야.

"루나 먼저 자요."

나를 돌아보지도 않은 채 주인이 말했다.

아니야. 그게 아니라고. 같이 잘 거야.

주인의 이불을 덮고 같이 잠드는 건 오랜 세월 동안 이어진 내 즐거움 중 하나다. 주인은 처음에는 심란한 표정으로 '본인 침대에서 자요'라고 말했지만, 주인이 잠든 후에 몰래 숨어 들어가는 짓을 몇 번 반복했더니 어느새 용인해주게 됐다. 누군가와 함께 잔다는 건 평온하고 행복하잖아? 고양이였을 때도 그랬다. 바로 근처에 제일 좋아하는 상대가 있는데 따로 잔다는 건 이상하다고 생각한다.

그런데 주인은 이렇게 말했다.

"루나는 혼자서도 잘 수 있는 아이잖아요? 먼저 침실에 들어가 있어요."

정말 뭘 모르네. 그러니까 주인이랑 자는 건 특별하단 말이야!

주인이 없는 이불 따위 매력이 반절로 줄어든다니까! 좋아하는 걸 열거할 때도 아주, 아주 뒤가 아니면 나오지 않아!

주인은 여전히 원고지의 칸을 사각사각 메우고 있다.

"……먕."

나는 열심히 귀여운 목소리를 내며 주인의 등에 머리를 비볐다. 저기, 빨리 자자.

"미안해요, 루나. 앞으로 30분만 더 기다려주세요."

……정말!

하지만 머지않아 주인은 원고를 별로 쓰지 않게 됐다.

전에는 뭐에 홀린 듯이 원고지에 집중했었는데 점점 그런 일이 줄어들었다.

오하시는 곤란한 듯, 슬픈 표정으로 주인을 보고 있었다.

"미사키 선생님. ……저는 선생님은 쓰지 않으면 안 되는 사람이라고 생각합니다."

주인은 그 말에 대답하지 않고 묵묵히 눈앞의 찻잔에 시선을 떨구었다.

오하시도 슬퍼하는 듯했지만, 주인 또한 슬퍼 보였다.

나는 알고 있다. 주인이 왜 원고를 쓰지 않게 됐는지.

주인은 지금까지 그 가수를 찾고 있다.

하지만 줄곧 찾지 못하고 있다.

주인은 가끔 혼자서 맨션 옥상에 올라갈 때가 있다. 그리고 잠시 먼 곳을 계속 바라본다. 어느 면에서는 가로등이 별처럼 흩어져 있어서 매우 아름다운 풍경이지만, 주인은 딱히 풍경을 보려고 하는 게 아니었다.

어딘가에 찾고 있는 사람이 있지 않을까, 기대하는 것이라고 생각한다.

하지만 찾을 수 없으니까 주인은 다시 집 안으로 돌아온다. 그럴 때의 주인은 아주 피곤한 얼굴을 하고 있다. 분명 찾고, 또 찾고, 너무 찾아서 피곤한 것이겠지. 인간이었을 때부터 줄곧 찾고 있었으니까, 그럴 만도 하다. 심하게 지쳐버려서 뭔가를 할 마음이 들지 않아서 원고도 쓰지 않게 됐겠지.

내가 옛날에 그런 사람 찾지 못하면 좋겠다고 빌지 않았으면 좋았을 텐데. 그것만큼은 정말 지금까지도 미안하다.

오하시는 점점 맨션에 오지 않게 됐다.

대신 다른 사람이 빈번하게 맨션을 방문했다. 나츠키라는 이름의 크고 바보 같은 수컷 인간이다. 나츠키는 경찰이고, 주인이 경찰을 돕도록 이끈다. 그러니까 나는 나츠키도 별로 좋아하지 않는다. 하지만 주인은 그렇지도 않은 모양이다. ……뭔가 분하다.

나츠키는 정말로 바보 같은 인간이다. 내 정체가 고양이라는 사실을 알게 된 후, 어느 날은 엄청 멍청한 선물을 가지고 왔다.

"루나 짱, 루나 짱! 자, 이거 줄게!"

그렇게 말하며 내민 것은 고양이 장난감이었다. 심지어 두 개나 있었다. 형광 핑크색과 황록색. 색깔까지 너무 멍청하다. 뭐야, 이거. 바보 취급하는 거야?

흥, 하고 내가 얼굴을 돌리자, 나츠키는 대놓고 풀이 죽은 모습이었다. 역시 이건 아닌가, 라고 중얼거리더니 또 다른 걸 꺼냈다.

"그럼 이건? 이건 필요해?"

그렇게 말하며 나츠키가 내민 것은 가늘고 긴 팩에 들어 있는 고양이용 액체 간식이었다.

"펫샵 직원이 대부분의 고양이가 이걸 좋아한대. 고양이랑 친하게 지내고 싶을 때 가져가는 선물 중에 이게 제일이라고. 그러니까 루나 짱은 어때?"

그러니까 나를 평범한 고양이들이랑 같은 취급하지 말라고!

나는 말이야, 요괴 고양이야. 너보다 훨씬, 훨씬 오래 살았다고. 바보 취급도 적당히 해야지!

"그래, 이것도 아니구나……."

나츠키는 또 풀이 죽어서 간식을 다시 넣으려고 했다.

나는 슬쩍 곁눈으로 그 모습을 보고, 나츠키의 손에서 그 간식을 뺏어 들었다.

그러자 나츠키는 갑자기 기뻐하는 표정으로 말했다.

"어, 필요해? 이거 먹는 거야, 루나 쨩?"

……버리는 건 아까우니까 어쩔 수 없이 받아둘게. 알겠어? 괜히 오해하지 마, 딱히 갖고 싶어서 그러는 거 아니니까! 잠깐, 머리 쓰다듬지 마. 내 머리에 손댈 수 있는 건 주인뿐이야!

참고로 나츠키 외에 야마지라는 기분 나쁜 인간이 올 때가 있다. 야마지는 나츠키가 오기 훨씬 전부터 때때로 찾아왔지만, 나는 야마지가 정말로 싫다. 주인에게 이상한 짓을 해서 엄청 싫다. 언젠가 힘껏 할퀴어주고 싶다고 벼르고 있지만, 주인이 안 된다고 하니까 참는다.

그리고.

요즘 들어 맨션을 찾아오는 인간이 한 명 더 늘었다.

아사히, 라는 이름의 딱 보기에도 바보 같은 얼굴을 한 암컷이다. 오하시의 일을 이어받은 모양인데 주인에게 원고를 쓰라고 자주 몰아붙인다. 나로서는 웃기지 말라고 하고 싶다. 만약 그렇게 되면 주인은 다시 잠을 자지 않게 되잖아? 그건 안 된다. 주인 몸에도 안 좋고, 내 정신 건강에도 나쁘다.

나는 아사히가 올 때마다 맨션 밖으로 내쫓고 싶지만, 주인은 아사히를 무척 마음에 들어 하는 것 같다. 아사히는 주인과 마찬가지로 영화를 좋아한다. 영화에 대해서만큼은 박식한지 자주 주인과 즐거운 듯 대화를 나눈다. ……뭔가 엄청, 엄청 분하다.

아사히가 온 뒤부터 주인은 다시 원고를 쓰게 됐다. 하지만 주인은 조금 이상하다. 왠지 아사히에게는 원고를 쓰고 있다는 사실을 숨기는 듯했다. 오하시가 담당이었을 때는 그러지 않았는데. 아사히 앞에서는 전혀 원고 같은 건 쓰지 않고 있다는 얼굴로 줄곧 영화를 봤다는 거짓말만 한다. 사실은 잠자는 것도 잊고 메모장이랑 노트를 펼쳐놓은 채 끙끙거리는 걸 나는 알고 있다.

아마도 주인은 조금 폼 잡는 면이 있는 것 같다. 자신이 이렇게나 열심히 노력하고 있다는 걸 아사히에게 보여주고 싶지 않은 듯하다.

어째서 오하시에게는 보여주면서 아사히에게는 보여주지 않는지는 알 수 없다. 그보다 별로 생각하고 싶지 않다. ……왠지 다시 분해질 것 같으니까.

나는 그런 주인을 보면서 뭔가 바보 같다고 생각한다. 엄청 졸린 얼굴을 하고 있으면서, 무리할 필요 없는데. 열심히 하고 있으면 열심히 하고 있다고 말하면 되잖아.

하지만 더 바보 같은 건 아사히다.

주인의 거짓말을 곧이곧대로 받아들이고, 주인이 일은 하지 않고 놀고 있다고 착각하는 애. 믿을 수가 없다. 그 가벼운 머리 안에는 고양이보다 작은 뇌밖에 들어 있지 않을 것이다. 게다가 뭔가 이상한 사건에 휘말려서 납치당하기나 하고. 그 탓에 주인은 잠도 부족한데 달려가야 했다. 최악이다. 되도록 안 오면 좋겠다.

그런데 아사히는 오늘도 찾아왔다.

나는 마음에 안 들어서 현관문을 열 때부터 위협했다.

하지만 아사히는 바보라서 뭐 때문에 위협을 당하는지 모르겠다는 표정이다.

나는 이후로도 계속 맹렬하게 위협했지만, 주인에게 혼날 것 같아서 홍차를 내온 후에는 부엌에 틀어박혀 얌전히 둘이서 하는 대화를 듣고 있었다.

그랬더니,

아사히, 이 바보가 말도 안 되는 소리를 하기 시작했다.

"아직 쓸 마음이 안 드신다면, 무리는 하지 않으셔도 괜찮아요. ……미사키 선생님이 쓸 마음이 생기도록 저도 도울 수 있다면 좋겠지만."

뭔 소리 하는 거야, 애!

마치 주인이 쓸 마음이 없는 것처럼, 아무것도 하지 않는 것처럼 말하다니!

그렇게 열심히 하고 있는데!

애는 아무것도 모르면서 무슨 속셈이야!

더는 용서할 수 없었다. 나는 몰래 부엌을 나가서 주인의 작업실로 향했다. 그곳에는 최근 주인이 이것저것 써놓은 글들이 있었기 때문이다.

나는 책상 위의 종이와 노트를 몰래 숨겨서 거실로 돌아왔다.

아사히와 주인은 아직 뭔가 얘기하고 있다. 주인은 곤란한 표정을 짓고 있다. 아사히 때문에 곤란한 것이다. 뭐야, 쟤.

주인의 노력을 보여줄 테니까. 각오해.

받아라.

"꺄!"

"루나! 무슨 짓입니까!"

아사히는 머리 위에서 원고와 노트가 쏟아지자 비명을 질렀다. 주인이 깜짝 놀란 얼굴로 일어섰다.

나는 팔짱을 끼고 턱을 들어 올렸다.

네가 주인에 대해 안다고 생각하다니, 나는 너보다 백 년은 빨리 주인을 알았다고.

꼴좋다.

나중에 주인에게 엄청 혼났지만, 그래도 나는 후회하지 않는다.

AKOGARE NO SAKKA WA NINGEN JA ARIMASENDESHITA Vol.2
ⒸMikage Sawamura 2017
First published in Japan in 2017 by KADOKAWA CORPORATION, Tokyo.
Korean translation rights arranged with KADOKAWA CORPORATION, Tokyo
through Shinwon Agency Co.

동경하는 작가는 인간이 아니었습니다 2

1판 1쇄 인쇄 2019년 3월 6일
1판 1쇄 발행 2019년 3월 13일

지은이 사와무라 미카게 **옮긴이** 김미림
펴낸이 김영곤 **펴낸곳** ㈜북이십일 아르테팝
미디어사업본부이사 신우섭
미디어만화팀 윤기홍 윤효정 박찬양 **디자인** 정지연
미디어마케팅팀 김한성 정지연 김종민
해외기획팀 임세은 장수연 이윤경
문학영업팀 권장규 오서영 **제작팀** 이영민 권경민

출판등록 2000년 5월 6일 제406-2003-061호
주소 (우10881) 경기도 파주시 회동길 201(문발동)
대표전화 031-955-2100 **팩스** 031-955-2151 **이메일** book21@book21.co.kr

(주)북이십일 경계를 허무는 콘텐츠 리더

북이십일과 함께하는 팟캐스트 '책, 이게 뭐라고'
아르테팝 채널에서 도서 정보와 다양한 영상자료, 이벤트를 만나세요!
페이스북 facebook.com/21artepop **트위터** twitter.com/21artepop
인스타그램 instagram.com/21artepop **홈페이지** artepop.book21.com

ISBN 978-89-509-7960-7 04830
책값은 뒤표지에 있습니다.